Hermann Hesse
Freunde

Erzählung

Suhrkamp

Redaktion: Volker Michels
Umschlagmotiv von Rolf Köhler
Freunde wurde erstmals abgedruckt in
»Prosa aus dem Nachlaß«,
Suhrkamp Verlag, Frankfurt am Main 1965

suhrkamp taschenbuch 1284
Erste Auflage 1986
© Suhrkamp Verlag Frankfurt am Main 1965
Suhrkamp Taschenbuch Verlag
Alle Rechte vorbehalten, insbesondere das
des öffentlichen Vortrags, der Übertragung
durch Rundfunk und Fernsehen
sowie der Übersetzung, auch einzelner Teile.
Satz: LibroSatz, Kriftel
Druck: Ebner Ulm
Printed in Germany
Umschlag nach Entwürfen von
Willy Fleckhaus und Rolf Staudt

5 6 – 91

Freunde

Der niedere Kneipsaal war voll Rauch, Bierge-
ruch, Staub und Getöse. Ein paar Füchse fuchtel-
ten mit Schlägern gegeneinander und hieben
flüchtige Wirbel in den dicken Tabaksrauch, ein
schwer Betrunkener saß auf dem Fußboden und
lallte ein sinnloses Lied, einige ältere Semester
knobelten am Ende der Tafel.

Hans Calwer winkte seinem Freunde Erwin
Mühletal und ging zur Tür.

»He, schon fort?« rief einer der Spieler herüber.

Hans nickte nur und ging, Mühletal folgte. Sie
stiegen die alte, steile Holzstiege hinab und verließen das schon still werdende Haus. Kalte Winter-
nachtluft und blaues Sternenlicht empfing sie auf
dem leeren, weiten Marktplatz. Aufatmend und
den eben zugeknöpften Mantel wieder öffnend,
schlug Hans den Weg nach seiner Wohnung ein.
Der Freund folgte ein Stück weit schweigend, er
pflegte Calwer fast jeden Abend nach Hause zu
begleiten. Bei der zweiten Gasse aber blieb er
stehen. »Ja«, sagte er, »dann Gutnacht. Ich geh ins
Bett.«

»Gutnacht«, sagte Hans unfreundlich kurz und
ging weiter. Doch kehrte er nach wenigen Schritten wieder um und rief den Freund an.

»Erwin!«

»Ja?«

»Du, ich geh noch mit dir.«

»Auch recht. Ich geh aber ins Bett, ich schlafe schon halb.«

Hans kehrte um und nahm Erwins Arm. Er führte ihn aber nicht nach Hause, sondern zum Fluß hinab, über die alte Brücke und in die lange Platanenallee, und Erwin ging ohne Widerspruch mit. »Also was ist los?« fragte er endlich. »Ich bin wirklich müde.«

»So? Ich auch, aber anders.«

»Na?«

»Kurz und gut, das war meine letzte Mittwochskneipe.«

»Du bist verrückt.«

»Nein, du bist's, wenn dir der Betrieb noch Spaß macht. Lieder brüllen, sich auf Kommando vollsaufen, idiotische Reden anhören und sich von zwanzig Simpeln angrinsen und auf die Schulter klopfen lassen, das mach ich nicht mehr mit. Eingetreten bin ich seinerzeit, wie jeder, im Rausch. Aber hinaus gehe ich vernünftig und aus guten Gründen. Und zwar gleich morgen.«

»Ja aber —«

»Es ist beschlossen, und damit fertig. Du bist der einzige, der es schon vorher erfährt; du bist auch der einzige, den es etwas angeht. Ich wollte dich nicht um Rat bitten.«

»Dann nicht. Also du trittst aus. Ganz ohne Skandal geht es ja nicht.«

»Vielleicht doch.«

»Vielleicht. Nun, das ist deine Sache. Es wundert mich ja eigentlich nicht besonders, geschimpft hast du immer, und es geht ja auch bei uns soso zu. Nur, weißt du, anderwärts ist es kein Haar besser. Oder willst du in ein Korps, mit deinem bißchen Wechsel?«

»Nein. Meinst du, ich springe heut aus und morgen irgendwo anders wieder ein? Dann könnte ich ja gleich bleiben, nicht? Korps oder Burschenschaft oder Landsmannschaft, das ist eins wie das andere. Ich will mein eigener Herr sein und nimmer der Hanswurst von drei Dutzend Bundesbrüdern. Das ist alles.«

»Ja, das ist alles. Ich müßte dir ja eigentlich abraten, aber bei dir gewöhnt man sich das ab. Wenn es dir nach drei Wochen leid tut —«

»Du mußt wirklich Schlaf haben. Dann geh also in dein Bett und verzeih, daß ich deine kostbare Zeit mit solchen Dummheiten in Anspruch nahm. Gutnacht, ich geh noch spazieren.«

Erwin lief ihm erschrocken und etwas ärgerlich nach. »Es ist wahrhaftig schwer, mit dir zu reden. Wenn ich doch nichts dazu sagen darf, warum teilst du mir dann so was mit?«

»Ach, ich dachte, es würde dich vielleicht interessieren.«

»Herrgott, Hans, jetzt sei vernünftig! Was soll

die Reizerei zwischen uns?«

»Du hast mich eben nicht verstanden.«

»Ach schon wieder! Jetzt sei doch gescheit! Du sagst sechs Worte, und kaum geb ich Antwort, so hab ich dich nicht verstanden! Jetzt sag deutlich, was hast du eigentlich gewollt?«

»Dir mitteilen, daß ich morgen aus der Verbindung austrete.«

»Und weiter?«

»Das weitere ist wohl mehr deine Sache.«

Erwin begann zu begreifen.

»Ach so?« sagte er mit erzwungener Ruhe. »Du trittst morgen aus, nachdem du dir's lange genug überlegt hast, und nun meinst du, ich soll Hals über Kopf nachrennen. Aber weißt du, die sogenannte Tyrannei in der Verbindung drückt mich nicht so heftig, und es sind Leute dabei, die sind mir einstweilen gut genug. Die Freundschaft in Ehren, aber dein Pudel mag ich doch nicht sein.«

»Nun ja. Wie gesagt, es tut mir leid, daß ich dich bemüht hab. Grüß Gott.«

Er ging langsam davon, mit einem nervösen, künstlich leichten Schritt, den Erwin gut kannte. Er sah ihm nach, anfangs mit der Absicht, ihn zurückzurufen, von Augenblick zu Augenblick ward das aber schwerer. Da ging er fort!

»Geh nur! Geh nur!« grollte er halblaut und sah Hans nach, bis er im Dunkel und bläulichen Schneenachtlicht verschwunden war. Da kehrte er um und ging langsam die ganze Allee zurück, die Brückentreppe hinauf und seiner Wohnung zu. Schon tat ihm alles leid, und sein Herz schlug unbeirrt dem alten Freunde nach. Aber er dachte zugleich an die letzten Wochen, wie Hans immer schwerer zu befriedigen, immer stolzer und herrischer geworden war. Und jetzt wollte er ihn durch zwei Worte zu einem wichtigen Schritt bestimmen, wie er als Schulknabe ihn ohne weiteres und ungefragt zum Handlanger bei seinen Streichen angestellt hatte. Nein, das war doch zu viel. Er hatte recht, daß er Hans laufen ließ, es war vielleicht sein Heil. Ihm schien jetzt, während ihrer ganzen Freundschaft sei er immer der Geduldete, Mitgenommene, Untergebene gewesen; auch die Bundesbrüder hatten ihn oft genug damit aufgezogen.

Sein Schritt wurde schneller, ein unechtes Triumphgefühl trieb ihn an, er kam sich mutig und entschlossen vor. Schnell schloß er das Tor auf, stieg die Treppe hinauf und trat in sein Stübchen, wo er ohne Licht zu Bett ging. Zum Fenster sah der Stiftskirchenturm in einem blauen Sternenkranz hinein, im Ofen glomm müde eine verspätete Glut. Erwin konnte nicht schlafen.

Zornig suchte er eine Erinnerung um die andere hervor, die ihm in seine trotzige Stimmung paßte. Er stellte einen Anwalt in sich auf, der ihm recht geben und Hans verurteilen mußte, und der Anwalt hatte vielen Stoff gesammelt. Zuweilen war der Anwalt unfein in seinen Mitteln, er brachte sogar Spitznamen und Scheltworte ins Gefecht, die die Bundesbrüder gelegentlich auf Hans gemünzt hatten, und wiederholte die Argumente früherer empörter Stunden, deren Erwin sich nachher stets geschämt hatte. Er schämte sich auch jetzt ein wenig und fiel dem Anwalt gelegentlich ins Wort, wenn er gehässig wurde. Aber was hatte es schließlich für einen Sinn, jetzt noch Schonung zu üben und die Worte zu wägen? Bitter und grimmig schuf er das Bild seiner Freundschaft um, bis es nichts mehr darstellte als eine Vergewaltigung, die Hans sich an ihm hatte zuschulden kommen lassen.

Er wunderte sich über die Menge von Erinnerungen, die ihm zu Hilfe kamen. Da waren Tage, an denen er mit Sorgen und ernsten Gedanken zu Hans gekommen war, und der hatte ihn gar nicht ernstgenommen, hatte ihm Wein vorgesetzt oder ihn auf einen Ball mitgeschleppt. Andere Male, wenn er recht vergnügt und voller genußsüchtiger Pläne war, hatte Hans mit einem Blick und ein paar Worten ihn dahin gebracht, daß er sich selber seiner Lustigkeit schämte. Einmal hatte Hans sogar geradezu beleidigend über das Mädchen gesprochen, in das Erwin damals verliebt war. Ja, und schließlich war es seinerzeit nur auf Hansens Zureden und Hans zuliebe geschehen, als er in die Verbindung eintrat. Eigentlich hätte es ihm bei der Burschenschaft besser gefallen.

Erwin fand keine Ruhe. Er mußte immer mehr Verborgenes ans Licht ziehen, bis auf sagenhaft ferne, vergessene Abenteuer früher Schuljahre zurück. Immer und immer war er der Gutmütige, Geduldige, Dumme gewesen, und sooft es ein Zerwürfnis gegeben hatte, war immer er zuerst gekommen und hatte um Verzeihung gebeten oder Vergessen geheuchelt. Nun ja, er war eben einmal ein guter Kerl. Aber wozu das alles? Was war denn schließlich an diesem Hans Calwer, daß man ihm nachlaufen mußte? Ja, ein bißchen Witz und eine gewisse Sicherheit im Auftreten, das hatte er wohl, und er konnte geistreich sein, entschieden. Aber auf der andern Seite war er recht eingebildet, spielte den Interessanten, sah auf alle Leute herunter, vergaß Verabredungen und Versprechungen und wurde selber wütend, wenn man ihm einmal nicht wörtlich Wort hielt. Nun, das mochte hingehen, Hans war eben immer etwas nervös, aber dieser Stolz, diese Sicherheit, diese immer souveräne, verächtlich tuende, unbefriedigte Hochnäsigkeit, die war unverzeihlich.

Von den alten, törichten Erinnerungen war eine besonders hartnäckig. Sie waren damals beide dreizehn oder vierzehn Jahre alt und hatten bisher jeden Sommer von einem Baum, der Erwins Nachbarn gehörte, Frühpflaumen gestohlen. Auch diesmal hatte Erwin den Baum beobachtet und von Zeit zu Zeit untersucht, und nun war er eines Abends glücklich und geheimnisvoll zu Hans gekommen und hatte gesagt: »Du, sie sind reif.« »Was denn?« hatte Hans gefragt und ein Gesicht gemacht, als verstehe er nichts und denke an ganz anderes. Und dann, als Erwin ihn erstaunt und lachend an die Pflaumen erinnerte, hatte ihn Hans ganz fremd und mitleidig angesehen und gesagt: »Pflaumen? Ach, du meinst, ich solle Pflaumen stehlen? Nein, danke.«

Ah, der Großhans! Wie er sich immer interessant machte! So war es mit den Pflaumen gewesen, und genau so ging es mit dem Turnen, mit dem Deklamieren, mit den Mädchen, mit dem Radfahren. Was gestern noch selbstverständlich gewesen war, wurde heute mit einem Achselzucken und einem Blick des Nichtmehrkennens abgetan. Gerade wie jetzt wieder mit dem Ausspringen aus der Verbindung! Erwin hatte damals zur Burschenschaft gewollt, aber nein, Hans wollte das nun gerade nicht, und Erwin hatte nachgegeben. Und jetzt war mit keinem Wort mehr davon die Rede, daß es damals einzig und allein Hans gewesen war, der sich für die Verbindung entschied. Freilich hatte er Hans manchmal recht geben müssen, wenn er sich über das Verbindungsleben lustig machte oder darüber klagte. Aber darum ging man doch nicht hin und brach sein Wort und sprang wieder aus, einfach aus Langeweile. Er jedenfalls würde es nicht tun und Hans zuliebe erst recht nicht.

Die Stunden klangen vom Kirchturm durch die Nachtkühle, die Glut im Ofen war erloschen. Erwin beruhigte sich langsam, die Erinnerungen wurden wirr und verloren sich, die Argumente und Anklagen waren erschöpft, der strenge Anwalt verstummt, und doch konnte er nicht einschlafen. Er war ärgerlich. Warum nur? Erwin hätte nur sein Herz zu fragen brauchen. Das war unermüdlicher als alles andere und schlug, ob der Kopf zürnte und anklagte oder müde schwieg, unbeirrt und traurig nach dem Freund, der im blassen Schneelicht unter den Platanen weggegangen war.

Indessen ging Hans in den Anlagen flußabwärts, von Allee zu Allee. Sein unruhiger Schritt wurde im längeren Gehen gleichmäßig, da und dort blieb er stehen und sah aufmerksam in den dunklen Fluß und auf die dunkle, eingeschlafene Stadt. Er dachte nimmer an Erwin. Er überlegte, was morgen zu tun sei, was er sagen und wie er sich halten müsse. Es war unangenehm, seinen

Austritt aus der Verbindung zu erklären, denn seine Gründe dafür waren derart, daß er sie nicht aussprechen und sich nicht auf Antworten und Zureden einlassen konnte. Er sah keinen anderen Weg, als auf alle Rechtfertigung zu verzichten und die Wölfe hinter sich her heulen zu lassen. Nur keine Auseinandersetzung, nur keine Erklärungen über Dinge, die ihn allein angingen, und mit Leuten, die ihn doch nicht verstanden. Er überlegte Wort für Wort das, was er sagen wollte. Zwar wußte er wohl, daß er morgen doch anders sprechen würde, aber je gründlicher er die Situation im voraus erschöpfte, desto ruhiger würde er bleiben. Und darauf kam alles an: ruhig zu bleiben, ein paar Mißverständnisse einzustecken, ein paar Vorwürfe zu überhören, vor allem aber Diskussionen abzulehnen, nicht den Unverstandenen, nicht den Leidenden, auch nicht den Ankläger oder Besserwisser oder Reformator zu spielen.

Hans suchte sich die Gesichter des Seniors und der anderen vorzustellen, besonders die ihm unsympathischen, von denen er fürchtete, sie könnten ihn reizen und aus der Ruhe bringen. Er sah sie erstaunt und unwillig werden, sah sie die Mienen des Richters, des beleidigten Freundes, des wohlwollenden Zusprechers annehmen und sah sie kalt werden, abweisen, nicht begreifen, beinahe hassen.

Schließlich lächelte er, als hätte er das alles schon hinter sich. Er dachte mit verwunderter und neugieriger Erinnerung an die Zeit seines Eintritts in die Verbindung, an das ganze merkwürdige erste Semester. Er war eigentlich ziemlich kühl hergekommen, wenn auch mit vielen Hoffnungen. Aber dann geriet er in jenen sonderbaren Rausch, der acht Tage dauerte, wo er von älteren Studenten liebenswürdig behandelt, aufmerksam ins Gespräch gezogen wurde. Man fand ihn aufgeweckt und geistreich und sagte ihm das, man rühmte seine geselligen Gaben, an denen er immer gezweifelt hatte, man fand ihn originell. Und in diesem Rausch ließ er sich täuschen. Ihm schien, er käme aus der Fremde und Einsamkeit zu seinesgleichen, an einen Ort und zu Menschen, wo er sich zugehörig fühlen könne, ja er sei überhaupt nicht so zum Sonderling bestimmt, wie er vorher geglaubt hatte. Ihm schien die oft vermißte Geselligkeit, das oft bitter entbehrte Aufgehen in einer Gemeinschaft hier nahe, möglich, erreichbar, ja selbstverständlich. Das hielt eine Weile an. Er fühlte sich wohl und gerettet, er war dankbar und offen gegen alle, drückte allen die Hand, fand alle lieb, lernte die Kneipsitten mit humoristischem Vergnügen und konnte bei manchen philosophisch-stumpfsinnigen Liedern ganz gerührt mitsingen. Gar lange dauerte es allerdings nicht. Er merkte bald, wie wenige den Sinn des Stumpfsinns fühlten, wie stereotyp die Witzreden und wie konventionell die nachlässig-herzlichen Umgangsformen der Brüderschaft waren. Er konnte bald nicht mehr mit wirklichem Ernst von der Würde und Heiligkeit der Verbindung, ihres Namens, ihrer Farben, ihrer Fahne, ihrer Waffen reden hören, und sah mit neugieriger Grausamkeit das Gebaren alter Philister an, die bei einem Besuch in der Universitätsstadt bei ihren ›jungen Bundesbrüdern‹ vorsprachen, mit Bier gefüllt wurden und mit verjährten Gesten in die junge Lustigkeit einstimmten, die noch die gleiche war wie zu ihren Zeiten. Er sah und hörte, wie seine Kameraden vom Studium, vom wissenschaftlichen Betrieb, vom künftigen Amt oder Beruf redeten und dachten. Er beobachtete, was sie lasen, wie sie die Lehrer beurteilten; gelegentlich kam ihm auch ihr Urteil über ihn selbst zu Ohren. Da sah er, es war alles wie früher und wie überall, und er paßte in diese Gemeinschaft so wenig wie in eine andere.

Von da bis heute hatte es gedauert, bis sein Entschluß reif geworden war. Ohne Erwin wäre es schneller gegangen. Der hatte ihn noch gehalten, teils durch seine alte herzliche Art, teils durch ein Verantwortungsgefühl, da jener ihm in die Verbindung gefolgt war. Es würde sich zeigen,

18

wie Erwin sich nun hielt. Wenn ihm dort drüben wohler war, hatte Hans kein Recht, ihn wieder mit sich in ein anderes Leben zu ziehen. Er war reizbar und unfreundlich gewesen, auch heute wieder; aber warum ließ Erwin sich alles gefallen?

Erwin war kein Durchschnittsmensch, aber er war unsicher und schwach. Hans erinnerte sich ihrer Freundschaft bis in die ersten Jahre zurück, da Erwin ihn nach längeren schüchternen Bemühungen erobert hatte. Seither war alles von Hans ausgegangen: Spiele, Streiche, Moden, Sport, Lektüre. Erwin war den sonderbarsten Einfällen und rücksichtslosesten Gedanken seines Freundes mit Bewunderung und Verständnis gefolgt, er hatte ihn eigentlich nie allein gelassen. Aber selber hatte er wohl wenig getan und gedacht, meinte Hans. Er hatte ihn fast immer verstanden, ihn immer bewundert, er war auf alles eingegangen. Aber sie hatten nicht ein gemeinsames, aus zwei einzelnen Leben zusammengewachsenes Leben miteinander geführt, sondern Erwin hatte eben seines Freundes Leben mitgelebt. Das fiel Hans jetzt ein, und der Gedanke erschreckte ihn, daß er selbst in dieser jahrelangen Freundschaft gar nicht, wie er immer geglaubt hatte, der Durchschauende und Wissende gewesen war. Im Gegenteil, Erwin kannte ihn besser als sonst irgendein Mensch, aber er kannte Erwin kaum. Der war immer nur sein Spiegel, sein Nachahmer gewesen. Vielleicht hatte er in all den Stunden, in denen er nicht mit Hans zusammen war, ein ganz anderes, eigenes Leben geführt. Wie gut hatte er sich mit manchen Schulkameraden und jetzt mit manchen Bundesbrüdern gestellt, zu denen Hans nie in ein Verhältnis, nicht einmal in das der Abneigung gekommen war! Es war traurig. Hatte er also wirklich gar keinen Freund gehabt, kein fremdes Leben mitbesessen? Er hatte einen Begleiter gehabt, einen Zuhörer, Jasager, Handlanger, mehr nicht.

Erwins letztes Wort an diesem ärgerlichen Abend fiel ihm ein: »Dein Pudel mag ich nicht sein.« Also hatte Erwin selber gefühlt, wie ihr Verhältnis war; er hatte sich zeitweilig zum Pudel hergegeben, weil er Hans bewunderte und gern hatte. Und gewiß hatte er das schon früher gefühlt und sich zuzeiten dagegen empört, es ihm aber verheimlicht. Er hatte ein zweites, eigenes, ganz anderes Leben geführt, an dem der Freund nicht teilhatte, von dem er nichts wußte, in das er nicht hineinpaßte.

In unwilliger Betrübnis suchte sich Hans von diesen Gedanken abzuwenden, die seinem Stolz weh taten und ihn arm machten. Er brauchte jetzt Besonnenheit und Kraft für anderes, um Erwin wollte er sich nicht kümmern. Und doch fühlte er erst jetzt, daß für ihn beim Austritt aus seiner Verbindung eigentlich nur die Frage und Sorge noch wesentlich war, ob Erwin mitkäme oder ihn im Stich ließe. Das andere war ja nur noch ein Abschluß, ein letzter formaler Schritt, innerlich längst abgetan. Ein Wagnis und eine Kraftprobe wurde es nur durch Erwin. Wenn dieser bei den andern blieb und auf ihn verzichtete, dann hatte Hans die Schlacht verloren, dann war sein Wesen und Leben wirklich weniger wert als das der anderen, dann konnte er nimmer hoffen, jemals einen anderen Menschen an sich zu fesseln und festzuhalten. Und wenn es so war, dann kam eine böse Zeit für ihn, viel böser als alles Bisherige.

Wieder ergriff ihn, wie schon manchesmal, ein hilfloser, kläglicher Zorn über all den Schwindel in der Welt und über sich selber, daß er ihm immer wieder trotz allem Besserwissen vertraut hatte. So war es auch mit der Universität und vor allem mit dem Studentenwesen. Die Universität war eine veraltete, schlecht organisierte Schule; sie gewährte dem Schüler eine scheinbar fast grenzenlose Freiheit, um ihn nachher durch ein mechanisch-formelhaftes Prüfungswesen wieder desto gründlicher einzufangen, ohne doch gegen Ungerechtigkeiten von der wohlwollenden Protektion bis zur Bestechung eine Sicherheit zu geben. Nun, das plagte ihn wenig. Aber das Studentenleben, die Abstufung der Gesellschaften nach Herkunft und Geld, die komische Uniformierung, das fahnenweihmäßige, an bürgerliche Männergesangvereine erinnernde Redenhalten, zu-Fahnen-und-Farben-Schwören, die schäbig und sinnlos gewordene Romantik mit Altheidelberg und Burschenfreiheit, während man zugleich der Bügelfalte huldigte, das alles existierte nicht nur fort, er war sogar selber in die lächerliche Falle gegangen!

Hans mußte an einen Studenten denken, der mehrmals in einer Vorlesung über orientalische Religionswissenschaft sein Banknachbar gewesen war. Der trug einen dicken, urgroßväterlichen Lodenmantel, schwere Bauernstiefel, geflickte Hosen und ein derbes, gestricktes Halstuch und war vermutlich ein theologiestudierender Bauernsohn. Dieser hatte für die ihm unbekannten, einer andern Welt zugehörigen, eleganten Kollegen mit Mützen und Bändern, feinen Überziehern und Galoschen, goldenen Zwickern und strohdünnen Modespazierstöckchen immer ein ganz feines, gutes, beinah anerkennendes und doch überlegenes Lächeln. Seine etwas komische Figur hatte für Hans öfters etwas Rührendes, manchmal auch Imponierendes gehabt. Nun dachte er, dieser Unscheinbare stehe ihm doch viel näher als alle bisherigen Kameraden, und er beneidete ihn ein wenig um die zufriedene Ruhe, mit der er seine Absonderung und seine groben Rohrstiefel trug. Da war einer, der gleich ihm ganz allein stand und der doch Frieden zu haben schien und der offenbar das beschämende Bedürfnis, den andern wenigstens äußerlich gleich zu sein, gar nicht kannte.

Hans Calwer quittierte aufatmend das kleine vom Vereinsdiener gebrachte Paketlein, das einen lakonischen letzten Brief des Schriftführers und sein Kommersbuch nebst einigen in der Kneipe liegengebliebenen Kleinigkeiten seines Besitzes enthielt. Der Diener war sehr steif und wollte anfangs nicht einmal ein Trinkgeld annehmen, es war ihm gewiß eigens verboten worden. Als Hans ihm aber einen Taler hinbot, nahm er ihn doch, dankte lebhaft und sagte wohlwollend:

»Das hätten Sie aber nicht tun sollen, Herr Calwer.«

»Was denn?« fragte Hans. »Den Taler hergeben?«

»Nein, austreten hätten sie nicht sollen. Das ist immer bös, wissen Sie. Na, ich wünsch gute Zeit, Herr Calwer.«

Hans war froh, diese peinliche Sache hinter sich zu haben.

Von seinen drei Mützen hatte er schon gestern

zwei verschenkt und die dritte als Andenken in seinen Reisekorb gelegt, dazu ein Band und ein paar Photographien von Bundesbrüdern. Nun legte er das mit einem dreifarbigen Schild geschmückte Kommersbuch an denselben Ort, schloß den Korb zu und wunderte sich, wie schnell man das alles loswerden konnte. Der Auftritt im Konvent war ja ein bißchen aufregend und ehrenrührig gewesen, aber jetzt war alles schön erledigt.

Er schaute nach der Tür. Darunter hatte er am meisten gelitten, daß ihm zu allen Tageszeiten bummelnde Bundesbrüder in die Wohnung gelaufen kamen, seine Bilder anschauten und kritisierten, den Tisch und Boden voll Zigarrenasche warfen und ihm seine Zeit und Ruhe stahlen, ohne irgend etwas dafür mitzubringen und ohne seine Andeutungen, daß er arbeiten und allein sein wolle, ernst zu nehmen. Einer hatte sogar eines Morgens, während Hans nicht da war, sich an seinem Tisch niedergelassen und in der Schublade ein Manuskript gefunden. Es war seine erste größere Arbeit und hatte den etwas eitlen Titel ›Paraphrasen über das Gesetz von der Erhaltung der Kraft‹, und Hans hatte sich nachher förmlich verteidigen und herauslügen müssen, um den Verdacht unheimlichen Strebertums von sich zu wälzen. Jetzt hatte er Ruhe und brauchte nimmer zu lügen. Er schämte sich jener widerwärtigen Augenblicke, da er atemlos hinter verschlossener Türe stand und sich still hielt, während ein Kamerad draußen klopfte, oder da er lachend und seine Verwunderung verbergend zuhörte, wie über eine ihm wichtige Frage im Kneipjargon gewitzelt wurde. Das war vorüber. Jetzt wollte er seine Freiheit und Ruhe wie ein Schwelger genießen und ungestört an den Paraphrasen arbeiten. Auch ein Klavier wollte er wieder mieten. Er hatte im ersten Monat eins gehabt, es aber zurückgegeben, weil es Besuche anzog und weil einer seiner Bundesbrüder fast alle Tage gekommen war und Walzer gespielt hatte. Nun hoffte er wieder manchen guten, stillen Abend zu erleben, mit Lampenschein, Zigarettenduft, lieben Büchern und guter Musik. Auch üben wollte er wieder, um die verlorenen Monate einzubringen.

Da fiel ihm noch eine versäumte Pflicht ein. Der Professor für orientalische Sprachen, den er als Alten Herrn und Mitbegründer der Verbindung kennengelernt hatte und dessen Haus er oft besuchte, wußte noch nichts von seinem Austritt. Er ging noch am gleichen Tage hin.

Das einfache, vorstädtisch still gelegene Häuschen empfing ihn mit der wohlbekannten wohligen Sauberkeit, mit den kleinen, behaglichen Zimmern voller Bücher und alter Bilder und dem

Duft von wohnlich stillem, doch gastfreiem Leben feiner, gütiger Menschen.

Der Professor empfing ihn im Studierzimmer, einem durch Ausbrechen einer Wand gewonnenen, großen Raum mit unzähligen Büchern. »Guten Tag, Herr Calwer. Was führt Sie her? Ich empfange Sie hier, weil ich die Arbeit nicht lange unterbrechen kann. Aber da Sie zu ungewohnter Zeit kommen, haben Sie wohl auch einen besonderen Grund, nicht?«

»Allerdings. Erlauben Sie mir ein paar Worte, da ich nun doch leider schon gestört habe.«

Er nahm auf die Einladung des Professors Platz und erzählte seine Sache.

»Ich weiß nicht, wie Sie es auffassen, Herr Professor, und ob Sie meine Gründe gelten lassen. Zu ändern ist nichts mehr daran, ich bin ausgetreten.«

Der schlanke, magere Gelehrte lächelte.

»Lieber Herr, was soll ich dazu sagen? Wenn Sie getan haben, was Sie tun mußten, ist ja alles in Ordnung. Über das Verbindungsleben denke ich allerdings anders als Sie. Mir scheint es gut und wünschenswert, daß die Studentenfreiheit sich in diesen Gesellschaften selber Gesetze gibt und, meinetwegen im Spiel, eine Art von Organisation oder Staat schafft, dem der Einzelne sich unterordnet. Und gerade für etwas einsiedlerische, nicht sehr gesellige Naturen halte ich das für wertvoll. Was später jeder, und oft unter peinlichen Opfern, lernen muß, an das kann er hier sich unter bequemeren Formen gewöhnen: mit anderen zusammenzuleben, einer Gemeinschaft anzugehören, anderen zu dienen und sich doch selbständig zu halten. Das muß wohl jeder einmal lernen, und eine gesellschaftliche Vorschule erleichtert das nach meiner Erfahrung wesentlich. Ich hoffe, Sie finden andere Wege dahin und bauen sich nicht vorzeitig in eine gelehrten- oder künstlerhafte Einsamkeit hinein. Wo die nötig ist, kommt sie von selber, man muß ihr nicht rufen. Zunächst sehe ich in Ihrem Entschluß nur die Notwehr und Reaktion eines empfindlichen Menschen auf die Enttäuschung, die jedes gesellschaftliche Leben einmal bringt. Mir scheint, Sie sind ein wenig Neurastheniker, da ist es doppelt begreiflich. Eine weitere Kritik steht mir nicht zu.«

Es gab eine Pause, Hans sah verlegen und unbefriedigt aus. Da schaute der Mann ihn aus den etwas müden grauen Augen gütig an.

»Daß Ihr Entschluß«, sagte er lächelnd, »mein Urteil über Sie wesentlich ändern oder meine Achtung mindern könnte, haben Sie doch nicht geglaubt? – Also gut, soweit haben Sie mich doch gekannt.«

Hans erhob sich und dankte herzlich. Dann errötete er leicht und sagte: »Noch eine Frage,

Herr Professor! Es ist das, was mich hauptsächlich hergeführt hat. Muß ich meinen Verkehr in Ihrem Haus nun einstellen oder einschränken? Ich bin darüber nicht im klaren und hoffe, daß Sie die Frage nicht falsch deuten, nicht etwa als Bitte. Ich möchte nur einen Wink haben.«

Der Professor gab ihm die Hand.

»Also ich winke, aber nicht hinaus. Kommen Sie nur wie bisher. Die Montagabende freilich nicht; sie sind zwar ›offen‹, aber es kommen doch regelmäßig Bundesbrüder her. Genügt das?«

»Ja, danke vielmals. Ich bin so froh, daß Sie mir nicht zürnen. Adieu, Herr Professor.«

Hans ging hinaus, die Treppe hinab und durch den dünn und zart beschneiten Garten auf die Straße. Er hatte eigentlich nichts anderes erwartet, und doch war er dankbar für diese Freundlichkeit. Wenn dies Haus ihm nimmer offengestanden wäre, hätte ihn nichts mehr an die Stadt gefesselt, die er doch nicht verlassen konnte. Der Professor und seine Frau, für die Hans eine fast verliebte Verehrung hatte, schienen ihm vom ersten Besuch an seiner Art verwandt. Er glaubte zu wissen, daß diese beiden zu den Menschen gehörten, die alles schwernehmen und eigentlich unglücklich sein müßten. Und doch sah er, daß sie es nicht waren, obwohl der Frau ihre Kinderlosigkeit sichtlich leid tat. Ihm wollte es so scheinen, als hätten diese

28

Leute etwas erreicht, was zu erreichen vielleicht auch ihm nicht verwehrt war: einen Sieg über sich und die Welt und damit eine zarte, seelenvolle Wärme des Lebens, wie man sie bei Kranken findet, die nur noch körperlich krank sind und ihrer gefährdeten Seele über alles Leid hinaus ein geläutertes, schönes Leben gewonnen haben. Das Leiden, das andere hinabzieht, hat sie gut gemacht.

Mit Befriedigung dachte Hans daran, daß es jetzt die Zeit zum Dämmerschoppen in der Krone war und daß er nicht hingehen mußte. Er ging nach Hause, schob ein paar Schaufeln voll Kohlen in den Ofen, ging leise summend auf und ab und sah dem frühen Dunkelwerden zu. Ihm war wohl, und er meinte eine gute Zeit vor sich zu sehen, ein bescheiden fleißiges Arbeiten, schönen Zielen entgegen, und die ganze genügsame Zufriedenheit eines Gelehrtenlebens, dem das persönliche Dasein beinahe unbemerkt hinrinnt, da Leidenschaft und Kampf und Unruhe des Herzens sich ungeteilt auf dem unirdischen Boden der Spekulation umtreiben und verbluten können. Da er nun einmal kein Student war, wollte er desto mehr ein Studierender sein, nicht um ein Examen und irgendein Amt zu erarbeiten, sondern um seine Kraft und Sehnsucht an großen Gegenständen zu messen und zu steigern.

29

Er brach die Melodie ab, zündete die Lampe an und setzte sich, die Fäuste an den Ohren, über einen stark gelesenen, mit Bleistiftstrichen und Verweisen gefüllten Band Schopenhauer. Er begann bei dem schon doppelt angestrichenen Satz: »Dieses eigentümliche Genügen an Worten trägt mehr als irgend etwas bei zur Perpetuierung der Irrtümer. Denn gestützt auf die von seinen Vorgängern überkommenen Worte und Phrasen geht jeder getrost an Dunkelheiten oder Problemen vorbei, wodurch diese sich unbeachtet Jahrhunderte hindurch von Buch zu Buch fortpflanzen und der denkende Kopf, zumal in der Jugend, in Zweifel gerät, ob etwa nur er unfähig ist, das zu verstehen, oder ob hier wirklich nicht Verständliches vorliege.«

Hans war, wie die meisten höher begabten Menschen, scheinbar vergeßlich. Ein neuer Zustand, ein neuer Gedankenkreis konnte ihn zeitweilig so erfüllen und mitnehmen, daß er darüber Naheliegendes, eben noch gegenwärtig und lebendig Gewesenes, völlig vergaß. Das dauerte jeweils so lange, bis er das Neue ganz erfaßt und zu eigen genommen hatte. Dann war nicht nur seine peinlich gepflegte Erinnerung an den gesamten Zusammenhang seines Lebens wieder da, sondern es drängten sich Erinnerungsbilder von großer

Deutlichkeit ihm in oft lästiger Fülle auf. In diesen Zeiten litt er die bittere Pein aller Selbstbeobachter, die nicht schöpferische Künstler sind.

Für den Augenblick hatte er Erwin ganz vergessen. Er brauchte ihn jetzt nicht, er fühlte sich in der wiedererworbenen Freiheit und Stille befriedigt und dachte weder voraus noch zurück, sondern stillte sein seit Monaten zum wahren Hunger gewordenes Verlangen nach Einsamkeit, Lektüre und Arbeit und fühlte die Zeit des Lärmens und der vielen Kameraden beinahe spurlos hinter sich versunken.

Erwin ging es anders. Er hatte eine Begegnung mit Hans vermieden und die Nachricht von seinem Austritt und die ärgerlichen, zum Teil auch bedauernden Bemerkungen der Bundesbrüder mit trotzigem Gleichmut angehört. Als Intimus des Ausreißers war er in den ersten Tagen manchen Anspielungen ausgesetzt, die seinen Ärger steigerten und seine Abwendung von Hans bestärkten. Denn er wollte diesmal durchaus nicht nachgeben. Doch konnte sein Wille nicht hindern, daß jedes unbillige und gehässige Wort über den Ausgeschiedenen ihm weh tat. Da er aber nicht gesonnen war, unnötig um den Undankbaren zu leiden, vermied er aus Instinkt Alleinsein und Nachdenken, war den ganzen Tag mit Kameraden zusammen und redete und trank sich in eine törichte Lustigkeit hinein.

Und eben dadurch überwand er die Sache nicht und wurde den lästigen Freund im Herzen nicht los. Vielmehr folgte dem künstlichen Rausch eine tiefe Beschämung und Niedergeschlagenheit. Zu der Trauer um den verlorenen Freund kam die Selbstanklage und reuige Erkenntnis seiner Feigheit und seiner unredlichen Versuche, ihn zu vergessen.

Eines Tages, zehn Tage nach Hansens Austritt aus der Verbindung, nahm Erwin an einem Straßenbummel teil. Es war ein sonniger Wintervormittag mit hellblauem Himmel und frischer, trockener Luft. Auf den Gassen der alten, engen Stadt leuchteten die farbigen Mützen der bummelnden Studenten in fröhlicher Pracht, flotte Reiter im Wichs trabten mit hellem Getön über den harten, trockenen Winterboden.

Erwin war mit einem Dutzend Kameraden unterwegs, alle in prahlend ziegelroten Mützen. Sie flanierten langsam durch die paar Hauptstraßen, begrüßten andersfarbige Bekannte mit großer Beflissenheit und Würde, nahmen demütige Grüße von Dienern, Wirten und Geschäftsleuten nachlässig-stolz entgegen, betrachteten Schaufenster, hielten stehend an belebten Straßenecken Rast und unterhielten sich laut und ungezwungen über vorübergehende Frauen und Mädchen, Professoren, Reiter und Pferde.

Als sie eben vor einer Buchhandlung Stand gefaßt hatten und ausgehängte Bilder, Bücher und Plakate flüchtig betrachteten, ging die Ladentür auf, und Hans Calwer trat heraus. Alle zwölf oder fünfzehn Rotmützen wandten sich verächtlich ab oder bemühten sich, mit starren Gesichtern und überhoch gezogenen Brauen Nichterkennung, Abweisung, Verachtung, vollständige Ignorierung, ja Vernichtung auszudrücken.

Erwin, der beinahe mit Hans zusammengeprallt wäre, wurde dunkelrot und wandte sich scheu mit fliehender Gebärde dem Schaufenster zu. Hans ging mit unbewegtem Gesicht und ohne künstliche Eile vorüber; er hatte Erwin nicht bemerkt und fühlte sich vor den andern keineswegs befangen. Im Weitergehen freute er sich darüber, daß der Anblick der allzu bekannten Mützen und Gesichter ihn kaum erregt hatte, und dachte mit Erstaunen daran, daß er noch vor zwei Wochen zu diesen gehört habe.

Erwin gelang es nicht, seine Bewegung und Verlegenheit zu verbergen.

»Mußt dich nicht aufregen!« sagte sein Leibbursch gutmütig. Ein anderer schimpfte: »So ein hochnäsiger Kerl! Kaum daß er ausgewichen ist! Am liebsten hätt ich ihn gehauen.«

»Dummes Zeug«, beruhigte der Senior. »Er hat sich eigentlich sehr tadellos benommen. N'en parlons plus.«

Noch eine Straße weit ging Erwin mit, dann machte er sich mit kurzer Entschuldigung los und lief nach Hause. Er hatte bisher gar nicht daran gedacht, daß er ja Hans jeden Augenblick auf der Straße begegnen konnte, und wirklich hatte er ihn in diesen 10 Tagen nie gesehen. Er wußte nicht, ob Hans ihn bemerkt und erkannt habe, aber er hatte über diese lächerlich unwürdige Situation kein gutes Gewissen. Es war auch zu dumm; da ging zwei Schritte von ihm sein Herzensfreund vorbei, und er durfte ihm nicht einmal guten Morgen sagen. In den ersten trotzigen Tagen hatte er sogar seinem Leibburschen das Versprechen gegeben, keinen »inoffiziellen Verkehr« mit Hans Calwer zu pflegen. Er begriff das jetzt selbst nicht mehr und hätte sich nichts daraus gemacht, dies Wort zu brechen.

Aber Hans hatte gar nicht ausgesehen wie einer, der um einen verlorenen Schulfreund trauert. Sein Gesicht und sein Gang waren frisch und ruhig gewesen. Er sah dieses Gesicht so deutlich: die gescheiten, kühlen Augen, den schmalen, etwas hochmütigen Mund, die festen, rasierten Wangen und die helle, zu große Stirn. Es war der alte Kopf, wie in jenen ersten Schulknabenzeiten, als er ihn so sehr bewunderte und kaum zu hoffen wagte, daß dieser feine, sichere, still leidenschaftliche Knabe einmal sein Freund werden könnte. Nun war er's gewesen, und Erwin hatte ihn im Stich gelassen.

Da Erwin seinem Schmerz um den Bruch mit Hans Gewalt angetan und sich selber mit einem lustigen Gebaren betrogen hatte, fand die Selbstanklage ihn nun vollkommen schuldig. Er vergaß, daß Hans es ihm oft schwer genug gemacht hatte, sein Freund zu bleiben, daß er selber früher schon oft an Hansens Freundschaft gezweifelt hatte, daß Hans ihn längst hätte aufsuchen oder ihm schreiben können; er vergaß auch, daß er wirklich gewünscht hatte, das ungleiche Verhältnis zu brechen, daß er nimmer der Pudel hatte sein mögen. Er vergaß alles und sah nur noch seinen Verlust und seine Schuld. Und während er verzweifelt an seinem kleinen, unbequemen Schreibtisch saß, brachen ihm unvermutet reichliche Tränen aus den Augen und fielen auf seine Hand, auf die gelben Handschuhe und die rote Mütze.

Richtig betrachtet, war es Hans gewesen, der ihn einst Schritt für Schritt aus dem Kinderland ins Reich der Erkenntnis und der Verantwortung mit sich gezogen hatte. Nun aber wollte es Erwin scheinen, als habe ihn erst seit diesem Verlust die erste, ungebrochene Lebensfreude verlassen. Er dachte an alle Torheiten und Versäumnisse seiner Studentenzeit und kam sich befleckt und gefallen vor. Und so sehr er im Schmerz der schwachen Stunde übertrieb, indem er das alles in unklare Beziehung zu Hans brachte, es war doch eine gewisse Wahrheit darin. Denn Hans war, ohne es zu wollen und ganz zu wissen, sein Gewissen gewesen.

So fiel für Erwin wirklicher Schmerz und wirkliche Schuld mit seiner ersten Anwandlung von Heimweh nach der Kinderzeit zusammen, die fast alle jungen Leute gelegentlich befällt und je nach den Umständen alle Formen vom einfachen Katzenjammer bis zum echten, töricht sinnvollen Jugend-Weltschmerz annehmen kann. Das unbewehrte, widerstandslose Gemüt des Jungen beklagte in dieser Stunde den Freund, seine Verschuldung, seinen Leichtsinn, das verlorene Kinderparadies, alles miteinander, und es fehlte an einem wachen, kühlen Verstand, der ihm gesagt hätte, aller Übel Wurzel sei in seinem eigenen, weichen, leicht vertrauenden, allzu haltlosen Wesen zu suchen.

Eben darum dauerte die Anwandlung auch nicht lange. Tränen und Verzweiflung machten ihn müde; er ging früh zu Bett und tat einen langen, festen Schlaf. Und als in der animalischwohligen, ausgeschlafenen Stimmung des neuen

36

Tages sich die Erinnerung an das Gestrige erheben und neue Schatten um sich verbreiten wollte, da war Erwin Mühletal schon wieder Kind genug, sich bei Kameraden und einem Likörfrühstück in der Konditorei Trost zu suchen. Von frischen Gesichtern umgeben und von lustigen Gesprächen, im Glanz der Farben, von einem hübschen und schlagfertigen Mädchen wortreich bedient, lehnte er wehmütig-froh im bequemen Stuhl, führte kleine Brötchen zum Munde und mischte sich aus verschiedenen Likörflaschen ein sonderbares Getränk zusammen, das zwar nicht eigentlich gut schmeckte, aber ihm und den anderen doch viel Vergnügen machte und im Kopf statt der Gedanken einen leichten, schwimmenden, behaglichen Nebel verbreitete. Auch die Bundesbrüder fanden, Mühletal sei heut ein feiner Kerl.

Nachmittags war ein Kolleg, in dem Erwin ein wenig schlummerte, dann machte die Reitstunde ihn wieder ganz munter, so daß er in den Roten Ochsen ging, um der neuen Kellnerin den Hof zu machen. Und da er dort kein Glück hatte, vielmehr die Begehrte von einem Rudel von Einjährigen in Anspruch genommen fand, beendete er den Tag schließlich zufrieden im Café.

So trieb er es eine gute Weile, ganz wie ein Kranker, der in klaren Stunden sein Übel genau erkennt, es aber durch Vergessen und Aufsuchen

37

angenehmer Reize vor sich selbst verbirgt. Er kann lachen, reden, tanzen, trinken, arbeiten, lesen, aber ein dumpfes, selten bis zur Oberfläche des Bewußtseins herauf dringendes Gefühl wird er nicht los, und für Augenblicke kommt ihm deutlich die Erinnerung daran zurück, daß der Tod in seinem Leibe sitzt und im geheimen arbeitet und wächst.

Er ging spazieren, ritt, focht, kneipte und ging ins Theater, ein gesunder, schneidiger Bursch. Aber er war nicht mit sich einig und trug ein Übel in sich verborgen, von dem er wußte, daß es auch in seinen guten Stunden da war und an ihm fraß. Auf der Straße bangte er oft plötzlich vor der Möglichkeit, Hans zu begegnen. Und nachts, wenn er ermüdet schlief, ging seine unruhige Seele Erinnerungswege und wußte wieder genau, daß die Freundschaft mit Hans ihr bester Besitz gewesen war und daß es nichts half, das zu leugnen und zu vergessen.

Einmal machte ein Kamerad in Erwins Gegenwart die anderen lachend darauf aufmerksam, daß dieser so viele Ausdrücke brauche, die von Hans stammten. Erwin sagte nichts, konnte aber nicht mitlachen und ging bald weg. Also jetzt noch war er von Hans abhängig und konnte nicht verleugnen, daß er ihm angehörte und ganze Teile seines Lebens ihm verdankte.

In den Vorlesungen des Orientalisten war Hans Calwer seither jenem bäurisch aussehenden Zuhörer regelmäßig begegnet und hatte häufig neben ihm gesessen. Er hatte ihn aufmerksam betrachtet, und seine ganze Art gefiel ihm trotz dem hilflosen Äußeren mehr und mehr. Er hatte gesehen, daß jener die Vorträge sauber und mühelos stenographierte, und ihn um diese Kunst beneidet, die er aus Abneigung nie hatte lernen mögen.

Einst saß er wieder in seiner Nähe und beobachtete, ohne den Vortrag außer acht zu lassen, den fleißigen Mann. Mit Befriedigung sah er in dessen Gesicht das Aufmerken und Verstehen ausgedrückt und in leisen Bewegungen lebend. Er sah ihn einigemal nicken, einmal lächeln, und während er dies lebendige Gesicht beobachtete, empfand er nicht nur Achtung, sondern Bewunderung und Zuneigung. Er beschloß, den Studenten kennenzulernen. Als die Vorlesung zu Ende war und die Zuhörer den kleinen Raum verließen, folgte Hans dem Lodenmantel aus der Ferne, um zu sehen, wo er wohne. Zu seinem Erstaunen machte der Unbekannte aber in keiner der alten Gassen halt, wo die meisten wohlfeilen Mietzimmer zu finden waren, sondern ging auf einen neueren, weit angelegten Stadtteil zu, wo Gärten, Privathäuser und Villen lagen und nur wohlhabende Leute wohnten. Nun wurde Hans neugierig und folgte in kleinerer Entfernung. Der im Lodenmantel schritt weiter und weiter, schließlich an den äußersten Villen und letzten Gartentoren vorbei, wo die bis dahin stattliche und gepflegte Straße in einen Feldweg verlief, der über einige kleine Bodenwellen, vermutlich Ackerland, hinweg in eine wenig besuchte, Hans völlig unbekannte Gegend hinaus führte.

Noch eine Viertelstunde oder länger ging Hans hinterher, dem Vorausschreitenden immer näher kommend. Nun hatte er ihn beinahe erreicht, jener hörte seine Schritte und wandte sich um. Er sah Hans fragend an, mit einem ruhigen Blick aus klaren, offenen, braunen Augen. Hans zog den Hut und sagte guten Tag. Der andere grüßte wieder, und beide blieben stehen.

»Sie gehen spazieren?« fragte Hans schließlich.

»Ich gehe heim.«

»Ja, wo wohnen Sie denn? Gibt es hier draußen noch Häuser?«

»Hier nicht, aber eine halbe Stunde weiter. Da liegt ein Dorf, Blaubachhausen, und da wohne ich. Aber Sie sind ja wohl hier schon lange bekannt?«

»Nein, ich bin zum erstenmal hier draußen«, sagte Hans. »Darf ich ein Stück mitgehen? Mein Name ist Calwer.«

»Ja, es freut mich. Ich heiße Heinrich Wirth.

Aus dem Buddha-Kolleg her kenne ich Sie ja schon länger.«

Sie gingen nebeneinander weiter, und unwillkürlich richtete Hans seinen Schritt nach dem festeren seines Nachbarn. Nach einigem Schweigen sagte Wirth: »Sie haben früher immer so eine rote Kappe aufgehabt.«

Hans lachte: »Ja«, sagte er. »Aber das ist jetzt vorbei. Es war ein Mißverständnis, hat aber doch anderthalb Semester gedauert. Und winters bei der Kälte ist ein Hut auch besser.«

Wirth sah ihn an und nickte. Fast verlegen sagte er dann: »Es ist komisch, aber denken Sie, das freut mich.«

»Warum denn?«

»Oh, es hat keinen besonderen Grund. Ich hatte aber manchmal ein Gefühl, daß Sie nicht da hineinpassen.«

»Haben Sie mich denn beobachtet?«

»Nicht gerade. Aber man sieht einander doch. Im Anfang genierte es mich eigentlich, wenn Sie neben mir saßen. Ich dachte: das ist auch so ein Tadelloser, den man nicht anschauen darf, ohne daß er wild wird. Es gibt ja solche, nicht?«

»Ja, es gibt solche. O ja.«

»Also. Und dann sah ich, ich hatte Ihnen unrecht getan. Ich merkte ja, daß Sie wirklich zum Hören und Lernen herkamen.«

»Nun, das tun die andern doch wohl auch.«

»Meinen Sie? Ich glaube, nicht viele. Die meisten wollen eben einmal ein Examen machen, weiter nichts.«

»Dazu muß man doch aber auch lernen.«

»Auch, ja, aber nicht viel. Aber man muß dagewesen sein, die Vorlesung belegt haben und so weiter. Was man in einem Kolleg über Buddha lernen kann, kommt im Examen nicht vor.«

»Allerdings. Aber – erlauben Sie – zu einer Art von Erbauung sind eigentlich die Hochschulen auch wieder nicht da. Das Unwissenschaftliche, religiös Wertvolle an Buddha zum Beispiel kann man in einem Reclambändchen haben.«

»Das wohl. Das meine ich auch nicht. In bin übrigens nicht eine Art Buddhist, wie Sie vielleicht meinen, wenn ich die Inder auch gerne habe. – Sagen Sie, kennen Sie Schopenhauer?«

»Ja, ich glaube.«

»Also. Dann kann ich Ihnen das schnell erklären: Ich bin einmal beinah Buddhist gewesen, so wie ich's damals verstand. Und davon hat Schopenhauer mir geholfen.«

»Ganz verstehe ich das nicht.«

»Nun, die Inder sehen das Heil im Erkennen, nicht wahr? Auch ihre Ethik ist nichts als eine Ermahnung zur Erkenntnis. Das hat mich angelockt. Aber nun saß ich da und wußte nicht, war das Erkennen überhaupt nicht der Weg zum Richtigen, oder hatte nur ich noch nicht genug erkannt. Und das wäre natürlich immer weiter gegangen und hätte mich kaputt gemacht. Da fing ich denn noch einmal mit Schopenhauer an, und dessen letzte Weisheit ist schließlich doch die, daß die Tätigkeit des Erkennens nicht die höchste ist, also auch nicht allein zum Ziele führen kann.«

»Zu welchem Ziel?«

»Ja, das ist viel gefragt.«

»Nun ja, ein andermal davon. Aber mir ist nicht recht klar, warum das Ihnen geholfen hat. Wie konnten Sie denn wissen, ob Schopenhauer recht hat oder die indische Lehre? Eins steht gegen das andere. Es war also einfach Ihre Wahl.«

»Doch nicht. Die Inder haben es im Erkennen ja weit gebracht, aber sie hatten keine Erkenntnistheorie. Die hat erst Kant gebracht, und wir können es nimmer ohne sie machen.«

»Das ist richtig.«

»Gut. Und Schopenhauer geht ja ganz von Kant aus. Ich mußte also zu ihm Vertrauen haben, gerade wie ein Luftschiffer zu Zeppelin mehr Vertrauen hat als zum Schneider von Ulm, einfach weil seither reale Fortschritte gemacht worden sind. Also stand die Waage doch nicht ganz gleich, sehen Sie. Aber die Hauptsache lag freilich anderswo. Es stand meinetwegen eine Wahrheit ge-

43

gen die andere. Aber die eine konnte ich nur mit dem Verstand fassen, für den war sie fehlerlos. Die andere aber fand in mir Resonanz, ich konnte sie durch und durch fassen, nicht nur mit dem Kopf.«

»Ja, ich begreife. Darüber soll man auch nicht streiten. Und seither sind Sie also mit Schopenhauer zufrieden?«

Heinrich Wirth blieb stehen.

»Mensch, Mensch!« rief er lebhaft, doch lächelnd. »Mit Schopenhauer zufrieden! Was soll nun das bedeuten? Man ist einem Wegweiser dankbar, der einem viel Umwege gespart hat, aber man fragt doch den nächsten wieder. Ja, wenn man mit einem Philosophen zufrieden sein könnte! Dann wäre man ja am Ende.«

»Aber nicht am Ziel?«

»Nein, wahrhaftig nicht.«

Sie sahen einander an und hatten Freude aneinander. Sie nahmen das philosophische Gespräch nicht wieder auf, da sie beide fühlten, es sei dem andern nicht um Worte zu tun und sie müßten sich erst besser kennen, um weiter von solchen Dingen zu sprechen. Hans war es zumute, als hätte er unversehens einen Freund gefunden, doch wußte er nicht, ob der andere ihn ebenso ernst nahm, er hatte sogar ein mißtrauisches Gefühl, als sei Wirth trotz seiner sorglosen Offenheit viel zu sicher und fest, um sich leicht hinzugeben.

44

Es war das erstemal, daß er vor einem beinahe Gleichaltrigen eine solche Achtung hatte und sich als den Nehmenden fühlte, ohne sich darüber zu empören.

Hinter schwarzen, mit Schnee befleckten Ackerfurchen stiegen jetzt zwischen kahlen Obstbäumen helle Giebel eines Weilers auf. Deschertakt und ein Kuhgebrüll tönte durch die Stille der leeren Felder herüber.

»Blaubachhausen«, sagte Wirth und deutete auf das Dörfchen. Hans wollte Abschied nehmen und umkehren. Er nahm an, sein Bekannter wohne ärmlich und möge das nicht zeigen, oder das Dorf sei vielleicht seine Heimat und er hause dort bei Vater und Mutter.

»Nun sind Sie gleich zu Hause«, sagte er, »und ich will nun auch umkehren und sehen, daß ich zum Mittagessen komme.«

»Tun Sie das nicht«, meinte Wirth freundlich. »Kommen Sie vollends mit und sehen sie, wo ich wohne und daß ich kein Landstreicher bin, sondern eine ganz stattliche Bude habe. Essen können Sie im Dorf auch haben, und wenn Sie mit Milch zufrieden sind, können sie mein Gast sein.«

Es war so unbefangen angeboten, daß er gerne annahm. Sie stiegen jetzt einen Hohlweg zwischen Dornengestrüpp zum Dorf hinab. Beim ersten Hause war ein Brunnentrog, ein Knabe stand davor und wartete, bis seine Kuh genug getrunken habe. Das Tier wandte den Kopf mit den schönen, großen Augen nach den Herankommenden um, und der Knabe lief hinüber und gab Wirth die Hand. Sonst war die Gasse winterlich leer und still. Es war Hans wunderlich, aus den Straßen und Hörsälen der Stadt unvermutet in diesen Dorfwinkel zu treten, und er wunderte sich auch über seinen Begleiter, der hier und dort lebte und heimisch schien und der den stillen, weiten Weg zur Stadt tagtäglich ein- oder mehrmal ging.

»Sie haben weit in die Stadt«, sagte er.

»Eine Stunde. Wenn man dran gewöhnt ist, kommt es einem viel weniger vor.«

»Und Sie leben wohl ganz einsam da draußen?«

»Nein, gar nicht. Ich wohne bei Bauersleuten und kenne das halbe Dorf.«

»Ich meine, Sie werden wenig Besuch da haben – Studenten, Freunde –«

»Diesen Winter sind Sie der erste, der mich besucht. Aber im Sommersemester kam öfter einer heraus, ein Theolog. Er wollte Plato mit mir lesen, und wir haben auch angefangen und es drei, vier Wochen getrieben. Dann blieb er allmählich aus. Der Weg war ihm doch zu weit, er hatte ja auch in der Stadt noch Freunde, da verleidete es ihm. Für den Winter ist er jetzt in Göttingen.«

Er sprach ruhig, fast gleichgültig, und Hans

46

hatte den Eindruck, diesem Einsiedler könne Gesellschaft, Freundschaft, Bruch der Freundschaft wenig mehr anhaben.

»Sind Sie nicht auch Theolog?« fragte er.

»Nein. Ich bin als Philolog eingetragen. Ich höre, außer dem indischen Kolleg, griechische Kulturgeschichte und Althochdeutsch. Nächstes Jahr, hoffe ich, gibt es ein Sanskrit-Seminar, da will ich teilnehmen. Sonst arbeite ich privatim und bin drei Nachmittage in der Woche auf der Bibliothek.«

Sie waren vor Wirths Wohnung angekommen. Das Bauernhaus lag still und sauber mit weißem Verputz und rotgemaltem Fachwerk, von der Straße durch einen Obstgarten getrennt. Hühner liefen umher, jenseits des Hofes wurde auf einer großen Tenne Korn gedroschen. Wirth ging seinem Besucher voran ins Haus und die schmale Treppe hinauf, die nach Heu und getrocknetem Obst roch. Oben öffnete er in der halben Finsternis des fensterlosen Flurs eine Tür und machte den Gast auf die altväterisch hohe Schwelle aufmerksam, damit er nicht falle.

»Kommen Sie herein«, sagte Wirth, »hier ist meine Wohnung.«

Der Raum war, trotz seiner bäuerlichen Einfachheit, weit größer und behaglicher als Hansens Stadtzimmer. Es war eine sehr große Stube mit zwei breiten Fenstern. In einer ziemlich dunklen Ecke stand ein Bett und ein kleiner Waschtisch mit einem ungeheuren, grau und blauen Wasserkrug aus Steingut. Nahe bei den Fenstern und von beiden her beleuchtet stand ein sehr großer Schreibtisch aus Tannenholz, mit Büchern und Heften bedeckt, eine schlichte Holzstabelle dabei. Die eine, äußere Wand ward ganz von drei hohen, bis oben gefüllten Bücherständern eingenommen, an der Wand gegenüber stand ein gewaltiger braungelber Kachelofen, der reichlich geheizt war. Sonst war nur noch ein Kleiderschrank da und ein zweiter, kleiner Tisch. Auf diesem stand ein irdener Hafen voll Milch, daneben lag ein Holzteller mit einem Brotlaib. Wirth brachte eine zweite Stabelle herbei und bat Hans zu sitzen. »Wenn Sie mit mir halten wollen«, meinte er einladend, »so essen wir gleich. Die kalte Luft macht Hunger. Sonst bringe ich Sie ins Wirtshaus, ganz wie Sie wollen.«

Hans zog es vor, dazubleiben. Er bekam einen blau- und weißgestreiften Napf ohne Henkel, einen Teller und ein Messer. Wirth schenkte ihm Milch ein und schnitt ihm ein Stück Brot vom Laib, danach versorgte er sich selber. Er schnitt sein Brot in lange Streifen, die er in die Milch tauchte. Da er sah, daß seinem Besuch diese Art zu essen ungewohnt war, lief er nochmals hinaus und kam mit einem Löffel, den er ihm hinlegte.

48

Sie aßen schweigend, Hans nicht ohne Befangenheit. Als er fertig war und nichts mehr nehmen wollte, ging Wirth an den Schrank, brachte eine prächtige Birne und bot sie an: »Da hab ich noch etwas für Sie, damit Sie mir nicht hungrig bleiben. Nehmen Sie nur, ich habe noch einen ganzen Korb voll. Sie sind von meiner Mutter, die schickt mir alle Augenblicke so was Gutes.«

Calwer kam nicht aus der Verwunderung. Er war überzeugt gewesen, der Mann sei ein armer Schlucker und Stipendientheolog, nun hatte er erfahren, daß er lauter brotlose Künste treibe, und sah außerdem an dem stattlichen Bücherschatz, daß er nicht arm sein könne. Denn es war nicht eine ererbte oder aus zufälligen Geschenken entstandene Verlegenheitsbibliothek, die man mit sich schleppt und beibehält, ohne sie zu brauchen, sondern eine Sammlung guter, zum Teil ganz neuer Bücher in einfachen, anständigen Einbänden, alles offenbar in wenigen Jahren erworben. Der eine Ständer enthielt Dichter aller Völker und Zeiten bis zu Hebbel und sogar Ibsen, nebst den antiken Autoren. Alles andere war Wissenschaft, aus verschiedenen Gebieten, ein Fach voll ungebundener Sachen enthielt vieles von Tolstoi, eine Masse Broschüren und Reclambändchen.

»Wieviel Bücher Sie haben!« rief Hans bewundernd. »Auch einen Shakespeare. Und Emerson.

Und da ist Rhodes ›Psyche‹! Das ist ein Schatz.«

»Nun ja. Wenn Sachen dabei sind, die Sie lesen möchten und nicht selber haben, dann nehmen Sie nur mit! Es wäre ja schöner, wenn man ohne Bücher leben könnte, aber man kann es doch nicht.«

Nach einer Stunde brach Hans auf. Wirth hatte ihm geraten, einen anderen, schöneren Weg nach der Stadt zurückzugehen und begleitete ihn nun eine kleine Strecke, damit er nicht irr gehe. Als sie auf die untere Dorfstraße kamen, schien Hans die Umgebung bekannt, als sei er schon einmal hier gewesen. Und als sie an einem modernen Wirtshaus mit einem großen Kastaniengarten vorübergingen, fiel jener Tag ihm plötzlich wieder ein. Es war in seiner ersten Zeit gewesen, gleich nach seinem Eintritt in die Verbindung, sie waren in Landauern herausgefahren und hatten hier im Garten gesessen, alles fidel und schon angetrunken, in einer lärmigen Fröhlichkeit. Er schämte sich. Damals war vielleicht jener Theolog, der nachher untreu wurde, bei Wirth gewesen, und sie hatten Plato gelesen.

Beim Abschied wurde er zum Wiederkommen aufgefordert, was er gerne versprach. Erst nachher fiel ihm ein, daß er seine Adresse nicht angegeben habe. Doch war er ja sicher, seinen neuen Bekannten im indischen Kolleg wieder zu treffen.

Während des ganzen Heimwegs machte er sich neugierige Gedanken über ihn. Seine plumpe Kleidung, sein Wohnen da draußen bei Bauern, sein Mittagsmahl von Brot und Milch, seine Mutter, die ihm Birnen schickte, das alles paßte gut zusammen, aber es paßte nicht zu den vielen Büchern und nicht zu Wirths Reden. Gewiß war er auch älter als er aussah und hatte schon manches erlebt und erfahren. Seine einfache, unbefangen freie Art zu sprechen, Bekanntschaft zu machen, sich im Gespräch herzugeben und doch in Reserve zu bleiben, war im Gegensatz zu seiner sonstigen Erscheinung beinahe weltmännisch. Unvergeßlich aber war sein Blick, der ruhige, klare, sichere Blick aus schönen, warmen, braunen Augen.

Auch was er über Schopenhauer und die indische Philosophie gesagt hatte, war zwar nicht neu, aber es klang ganz und gar erlebt, nicht wie gelesen oder auswendig gelernt. In Hansens Erinnerung klang noch mit unbestimmt erregendem, mahnendem Ton wie das Nachsummen einer tiefen Saite das Wort, das jener von seinem »Ziel« gesagt hatte.

Was war das für ein Ziel? Vielleicht dasselbe, das ihm selber noch so dunkel und doch als Ahnung schon da war, während jener es schon erkannt hatte und mit Bewußtsein verfolgte? Aber Hans meinte zu wissen, daß jeder Mensch sein

51

eigenes Ziel habe, jeder ein anderes und daß scheinbare Übereinstimmungen hier nur Täuschungen sein könnten. Immerhin war es möglich, daß zwei Menschen große Wegstrecken gemeinsam gingen und Freunde waren. Und er fühlte, daß er dieses Menschen Freundschaft begehrte, daß er zum erstenmal bereit war, sich einem andern unterzuordnen und hinzugeben, eine fremde Überlegenheit willig und dankbar gelten zu lassen.

Etwas müde und durchfroren kam er in die Stadt zurück, als es schon dämmerte. Er ging nach Hause und ließ sich Tee machen; da erzählte ihm seine Wirtin, es sei zweimal ein Student dagewesen und habe nach ihm gefragt. Das zweitemal habe er sich Hansens Zimmer öffnen lassen und dort länger als eine Stunde auf ihn gewartet. Hinterlassen habe er nichts. Die Frau wußte seinen Namen nicht, beschrieb ihn aber so, daß Hans wußte, es war Erwin gewesen.

Tags darauf begegnete er ihm am Eingang der Aula. Erwin sah blaß und übernächtigt aus. Er war in Couleur und in Gesellschaft von Bundesbrüdern, und als er Hans erkannte, wandte er das Gesicht und sah geflissentlich von ihm weg.

Hans überlegte sich, ob er ihn besuchen solle, kam aber zu keinem Entschluß. Er kannte Erwins Schwäche und Bestimmbarkeit wohl und zweifelte nicht daran, daß es nur auf ihn ankäme, um ihn wieder unter seinen Einfluß zu bringen. Doch wußte er selbst nicht, ob das für sie beide gut wäre. Daß Erwin ihn allmählich vergäße und im Umgang mit so vielen anderen selbständiger würde, war vielleicht doch die beste Lösung. Es tat ihm leid, keinen Freund mehr zu haben, und es war ihm sonderbar peinlich, daran zu denken, daß ein ihm fremd Gewordener ihn so gut kennen und so viele Erinnerungen mit ihm gemeinsam haben solle. Aber lieber das, als ein so einseitiges Verhältnis gewaltsam weiterführen! Er gestand sich, daß es ihm ein wenig wohl tat, die Verantwortung für den allzu unselbständigen Freund los zu sein.

Dabei vergaß er, daß er noch vor vierzehn Tagen ganz anders gedacht hatte. Damals kam es ihm wie eine beschämende Niederlage vor, wenn Erwin das Bleiben in der Verbindung seiner Freundschaft vorzog, jetzt ließ ihn das kühl. Das beruhte zwar zum Teil einfach auf seiner augenblicklichen Zufriedenheit mit dem Leben, die ihn ruhig machte, weit mehr aber noch und mehr als er selbst wußte, auf seiner jungen Bewunderung für Heinrich Wirth und auf seiner Hoffnung, an ihm einen neuen, ganz anders geliebten Freund zu bekommen. Erwin war ein Spielkamerad gewesen, der andere aber konnte ein wirklicher Teilnehmer an seinem Denken und Leben, ein Ratgeber, Führer und Weggefährte sein.

Indessen war es Erwin nicht wohl. Seine Kameraden mußten sein ungleiches, erregtes Wesen bemerken, und einige fühlten heraus, daß Hans die Ursache war. Das ließ man ihn gelegentlich merken, und einer, ein grober Patron, machte sich den Spaß, Erwins Freundschaft mit Hans eine »Liebschaft« zu nennen und ihn zu fragen, ob er sich jetzt, da Hans Gott sei Dank weg sei, nicht endlich in ein Weib verlieben wolle, wie es unter gesunden Jungen Sitte sei. Die rasende Wut, in die Erwin darüber geriet, hätte beinah zu einer blutigen Rauferei geführt. Er stürzte sich auf den Spötter, den man ihm mit Gewalt entreißen mußte, und die älteren Kameraden fanden kein Mittel, ihn zu beruhigen, als daß sie den Ungezogenen zwangen, Erwin um Verzeihung zu bitten. Da die Verzeihung so erzwungen war und so wenig von Herzen kam wie die Bitte darum, blieb der Riß klaffen, und Erwin hatte nicht nur einen Feind, den er täglich sehen mußte, sondern fühlte sich auch von den anderen mit einem gewissen Mitleid behandelt, das ihm alle Unbefangenheit nahm. Nun spielte er den Forschen nicht mehr nur sich selber, sondern ebensosehr den anderen vor, und es gelang ihm schlecht.

Am Tag jener Beleidigung hatte er die beiden Fehlgänge zu Hans getan. Nun nahm er ihm übel, daß er nicht zu finden gewesen war und sah mit einer traurigen Genugtuung den Augenblick verpaßt, in welchem Beleidigung und frischer Zorn ihm einen kühnen und befreienden Schritt erleichtert hätten. Er ließ jetzt alles wieder gehen wie es mochte, und es ging schlecht genug. Unter den Augen der Kameraden hielt er sich mit Gewalt aufrecht, indem er sich auf dem Hauboden und in der Reitschule besondere Mühe gab. Weiter reichte seine Kraft nicht, und da er sich bei den Kameraden beobachtet oder geschont fühlte und es doch zu Hause, bei der Arbeit oder auf einsamen Spaziergängen nicht lange aushielt, gewöhnte er sich daran, zu beliebigen Tagesstunden die Cafés und Trinkstuben aufzusuchen, da ein paar Gläser Bier, dort einen Schoppen Wein, hier ein Glas Likör zu nehmen, so daß er nahezu den größten Teil seiner Zeit in einer wüsten Betäubung umherlief. Richtig betrunken sah man ihn nie, aber auch selten vollkommen nüchtern, und in kürzester Zeit hatte er einige von den bekannten Trinkergewohnheiten und Gebärden angenommen, die gelegentlich so komisch drollig, auf die Dauer aber traurig und scheußlich sind. Ein in Freude oder Zorn getrunkener Rausch kann befreiend, lustig, liebenswürdig sein, während der halbwache Dusel des Wirtshausbruders, der sein Leben auf eine bequeme, langsame, träge Weise zerstört, stets ein Jammer und Ekel ist.

Eine heilsame Unterbrechung brachten die Weihnachtsferien. Erwin reiste nach Hause und blieb, da er sich krank fühlte, noch eine Woche länger, ließ sich von der Mutter und Schwester pflegen und erfreute sie, die anfangs über sein verändertes Wesen erschrocken waren, durch eine fast knabenhaft hervorbrechende Zärtlichkeit, die einer Reue über seine Dummheiten und einem Zufluchtbedürfnis seines unbeständigen Gemüts entsprach.

Er hatte einigermaßen damit gerechnet, Hans Calwer würde die Feiertage ebenfalls im Heimatstädtchen zubringen und es werde sich hier eine Versöhnung oder doch eine Aussprache ergeben. Darin sah er sich enttäuscht. Calwer, dessen Eltern nicht mehr lebten, hatte die Ferien zu einer Reise benutzt. Erwin in seiner krankhaften Unselbständigkeit ließ es dabei bewenden und begann nach der Rückkehr zur Universität das alte Leben. Es war ihm in nüchternen Stunden ganz klar, daß sein Zustand unhaltbar sei, und er war eigentlich längst entschlossen, die rote Mütze abzulegen und sich zu Hans zu bekennen. Doch ließ er sich, in seinem Zustand von Selbstbedauern und Schwäche, immer wieder treiben und erwartete von außen, was er nur in sich selber finden konnte. Dazu kam noch eine neue Torheit, die ihn bald gefährlich festhielt.

Nach der Art verbummelnder Studenten, denen es wohl an richtiger Arbeit wie an rechten Freunden fehlte, suchte er seine Zerstreuung immer mehr außerhalb seiner Gesellschaft und fand in geringen Kneipen, deren Besuch ihm eigentlich verboten war, den Umgang armer Teufel, entgleister Studenten und Sumpfhühner. Bei diesen Leuten gab es, neben gänzlichem Stumpfsinn, auch manche begabte und originelle Köpfe, die im Dunkel liederlicher Trinkstuben ein melancholisch-revolutionäres Geniewesen trieben und den Eindruck bedeutender Originalität machen konnten, da sie nichts anderes taten als ihrem sinnlosen Leben einen erklügelten Sinn unterzulegen. Hier blühten boshafter Witz, frappierend kecke Redensarten und ein unverhüllter Zynismus.

Als Erwin in einer kleinen, schäbigen Vorstadtkneipe zum erstenmal einige dieser Leute kennenlernte – es war bald nach Weihnachten –, ging er mit Begier auf dies Unwesen ein. Er fand den Ton hier weit geistreicher als den Komment seiner Verbindung, und dabei merkte er doch, daß er hier als Mitglied einer angesehenen, farbentragenden Verbindung, trotz allen darüber gemachten Witzen, einen gewissen Respekt genoß.

Natürlich wurde er gleich beim erstenmal geschröpft. Man fand ihn »verhältnismäßig genießbar«, wenn auch »noch sehr junger Hund«, und man tat ihm die Ehre an, ihn die Zeche für die kleine Tafelrunde bezahlen zu lassen.

Das alles war am Ende nicht schlimm und hätte ihn kaum länger als einige Abende gefesselt. Aber man nahm ihn, sobald er sich als guter Kerl und gelegentlicher Spendierer erwiesen hatte, in ein merkwürdiges Café »Zum blauen Husaren« mit, wo man ihm unerhörte Genüsse in Aussicht gestellt hatte. Mit diesen Herrlichkeiten sah es nun zwar nicht allzu glänzend aus, die Bude war dunkel und schmierig, ein elendes, lichtscheues Loch mit einem alten Billard und schlechten Weinen, und die gefälligen Kellnerinnen waren nicht halb so verführerisch, als der arme Mühletal sich gedacht hatte. Immerhin atmete er hier eine diabolisch verdorbene Luft und genoß das mäßige und doch für Harmlose anziehende Vergnügen, mit schlechtem Gewissen an einem verpönten Ort zu weilen.

Und dann lernte er bei seinem zweiten Besuch im »Blauen Husaren« auch die Tochter der Wirtin kennen. Sie hieß Fräulein Elvira und führte das Regiment im Hause. Eine Art von bedauerlicher, gewissenloser Schönheit verlieh ihr Macht über die jungen Männer, die wie Fliegen auf den Leim

gingen und über die sie unbedingt herrschte.
Wenn ihr einer gefiel, setzte sie sich ihm auf den
Schoß und küßte ihn, und wenn er arm war,
gewährte sie ihm freie Zeche. War sie aber nicht
bei Laune, so durfte auch der sonst Wohlgelittene
sich keinen Scherz und keine Liebkosung erlauben. Wer ihr nicht paßte, den schickte sie fort und
verbot ihm ganz oder zeitweise das Haus.
Schwerbetrunkene ließ sie nicht herein, auch
nicht, wenn es Freunde waren. Anfänger, die
noch den Eindruck schüchterner Unschuld machten, behandelte sie mütterlich; sie duldete nicht,
daß ein solcher sich betrank oder von den anderen
um Geld gebracht oder gehänselt wurde. Zuzeiten war ihr wieder alles verleidet, dann war sie den
ganzen Tag unsichtbar oder saß unnahbar in einem Polstersessel und las Romane, wobei niemand sie stören durfte. Ihre Mutter fügte sich in
alle ihre Launen und war froh, wenn es ohne
Stürme abging.

Als Erwin Mühletal sie zum ersten Male sah, saß
Fräulein Elvira in ihrem gepolsterten Schmollses-
sel, hatte einen schlecht gebundenen Jahrgang einer illustrierten Zeitschrift vor sich liegen, in dem
sie unaufmerksam und nervös blätterte und
schenkte den Gästen und ihrem Treiben keinen
Blick. Ihre nur scheinbar nachlässige Frisur ließ
das gepflegte, schöne geschmeidige Haar weit

59

über die Schläfen in das blasse, bewegliche und launische Gesicht hängen, schmale Lider mit langen Wimpern bedeckten die Augen. Ihre unbeschäftigte linke Hand lang auf dem Rücken einer großen, grauen Katze, die aus grünen, schrägen Augen schläfrig starrte.

Erst als Erwin mit seinen Begleitern längst mit Wein bedient und mit einem Würfelspiel beschäftigt waren, hob das Fräulein die Lider und betrachtete die neuen Gäste. Sie sah namentlich den Neuling an, und Erwin wurde verlegen unter ihrem unverhüllten, prüfenden Blick. Doch zog sie sich bald wieder hinter den Folianten zurück.

Aber als Erwin nach einer Stunde unbefriedigt aufstand, um zu gehen, erhob sie sich, zeigte ihre schlanke, biegsame Gestalt und nickte ihm, als er zum Abschied grüßte, fast unmerklich lächelnd und einladend zu.

Er ging verwirrt davon und konnte ihren zärtlichen, ironischen, versprechenden Blick und ihre feine, damenhafte Figur nicht vergessen. Er hatte nicht mehr den unbeirrt unschuldigen Blick, dem nur das fehlerlos Gesunde gefällt, und war doch unerfahren genug, das Gespielte für echt zu nehmen und in dem katzenhaften Fräulein zwar keinen Engel, aber dafür ein anziehend dämonisches Weib zu sehen.

Von da an suchte er, so oft er abends sich unkontrolliert seiner Gesellschaft entziehen konnte, den »Blauen Husaren« auf, um je nach der Laune Elviras ein paar aufregend glückliche Stunden oder Demütigung und Ärger zu haben. Sein Freiheitsverlangen, dem er seine einzige Freundschaft geopfert hatte und das auch die Gesetze und Pflichten seiner studentischen Vereinigung auf die Dauer lästig fand, unterwarf sich jetzt ohne Widerstand den Einfällen und Stimmungen eines koketten und herrschsüchtigen Mädchens, das dazu noch in einer widerwärtigen Höhle heimisch war und kein Geheimnis daraus machte, daß es zwar durchaus nicht jeden Beliebigen, aber doch mehrere, sei es nacheinander oder nebeneinander, lieben könne.

So ging Erwin den Weg, den schon mancher Besucher des »Blauen Husaren« gegangen war. Einmal forderte das Fräulein Elvira ihn auf, sie mit Champagner zu traktieren, ein andermal schickte sie ihn heim, da er Schlaf brauche; einmal war sie zwei, drei Tage unsichtbar, ein andermal bewirtete sie ihn mit guten Sachen und lieh ihm Geld.

Zwischenein empörten sich sein Herz und Verstand und schufen ihm verzweifelte Tage mit oft wiederholten Selbstanklagen und mit Entschlüssen, von denen er wußte, sie würden nicht zur Tat werden.

Eines Abends, nachdem er Elvira ungnädig gefunden hatte und unglücklich durch die Gassen strich, kam er an Hansens Wohnung vorbei und sah Licht in dessen Fenster. Er blieb stehen und sah mit Heimweh und Scham hinauf. Hans saß oben am Klavier und spielte aus dem Tristan, die Musik drang in die ruhige, dunkle Gasse heraus und hallte in ihr wider, und Erwin ging auf und ab und hörte zu, wohl eine Viertelstunde lang. Nachher, als das Klavier verstummt war, fehlte nicht viel, so wäre er hinaufgegangen. Da erlosch das Licht im Fenster, und bald darauf sah er seinen Freund, wie er in Begleitung eines großen, unfein gekleideten jungen Menschen das Haus verließ. Erwin wußte, daß Hans nicht jedem Beliebigen Tristan vor- spielte.

Also hatte er schon wieder einen Freund gefun- den!

In der Wohnung des Studiosus Wirth in Blau- bachhausen saß Hans am braunen Kachelofen, indes Wirth in der geräumigen, niederen Stube auf und ab ging.

»Nun denn«, sagte Wirth, »das ist bald erzählt. Ich bin ein Bauernsohn, wie Sie wohl schon ge- merkt haben. Aber allerdings war mein Vater ein besonderer Bauer. Er hat einer bei uns verbreite- ten Sekte angehört und sein ganzes Leben, soweit ich davon weiß, damit hingebracht, den Weg zu

Gott und zu einem richtigen Leben zu suchen. Er war wohlhabend, fast reich und besorgte seine große Wirtschaft gut genug, daß sie trotz seiner Gutmütigkeit und Wohltätigkeit eher zu- als abnahm. Das war ihm aber nicht die Hauptsache. Viel wichtiger war ihm das, was er das geistliche Leben nannte. Das nahm ihn beinahe ganz in Anspruch. Er ging zwar regelmäßig in die Kirche, war aber mit dieser nicht einverstanden, sondern fand seine Erbauung bei Sektenbrüdern in Laienpredigt und Bibelauslegung. In seiner Stube hatte er eine ganze Reihe Bücher: kommentierte Bibeln, Betrachtungen über die Evangelien, eine Kirchengeschichte, eine Weltgeschichte und eine Menge erbaulicher, zum Teil mystischer Literatur. Böhme und Eckart kannte er nicht, aber die deutsche Theologie, einige Pietisten des XVII. Jahrhunderts, namentlich Arnold, und dann noch eines von Swedenborg.

Es war beinah ergreifend, wie er mit ein paar Glaubensbrüdern sich einen Weg durch die Bibel suchte, immer einem geahnten Licht nachspürend und immer im Gestrüpp irrgehend, und wie er mit zunehmendem Alter immer besser spürte, daß zwar sein Ziel das richtige, sein Weg aber der falsche sei. Er fühlte, daß es ohne methodisches Studieren nicht gehe, und da ich schon früh auf seine Sache einging, setzte er auf mich seine Hoff-

63

nung und dachte, wenn er mich studieren ließe, müßten andächtiges Suchen und wirkliche Wissenschaft zusammen doch zu einem Ziel führen. Es tat ihm leid um seinen Hof, und der Mutter noch mehr, aber er brachte das Opfer doch und schickte mich in städtische Schulen, obwohl ich als einziger Sohn den Hof hätte übernehmen müssen. Schließlich starb er, noch ehe ich Student war, und es war ihm vielleicht besser, als wenn er es erlebt hätte, daß ich weder ein Reformator und Schriftausleger, noch auch nur ein richtiger Christ in seinem Sinn wurde. In einem etwas anderen Sinn bin ich es ja, aber er hätte das kaum verstanden.

Nach seinem Tod wurde der Hof verkauft. Die Mutter machte vorher noch Versuche, mich wieder zum Bauer zu überreden, aber ich war schon entschieden, und so gab sie sich ungern darein. Sie zog zu mir in die Stadt, hielt es aber kaum ein Jahr lang aus. Seither lebte sie daheim in unserem Dorf bei Verwandten, und ich besuche sie jedes Jahr für ein paar Wochen. Ihr Schmerz ist jetzt, daß ich kein Brotstudium treibe und daß sie keine Aussicht hat, mich bald als Pfarrer oder Doktor oder Professor zu sehen. Aber sie weiß noch vom Vater her, daß denen, die der Geist treibt, nicht mit Bitten und nicht mit Gründen zu helfen ist. Sooft ich ihr davon erzähle, daß ich den Leuten hier bei der Ernte oder beim Mosten oder Dreschen geholfen habe, wird sie nachdenklich und stellt sich mit Seufzen vor, wie schön es wäre, wenn ich das als Herr auf unserem Hof täte, statt so bei fremden Leuten ein ungewisses Leben zu führen.«

Er lächelte und blieb stehen. Dann seufzte er leicht und sagte: »Ja, es ist sonderbar. Und schließlich weiß ich nicht einmal, ob ich nicht doch einmal als Bauer sterbe. Vielleicht kommt es doch noch so, daß ich eines Tages ein Stück Land kaufe und das Pflügen wieder lerne. Wenn einmal ein Beruf sein muß und wenn man nicht gerade ein Ausnahmemensch ist, gibt es doch am Ende nichts Besseres als das Feld bestellen.«

»Warum denn?« rief Hans.

»Warum? Weil der Bauer sein Brot selber sät und erntet und der einzige Mensch ist, der direkt von seiner Hände Arbeit leben kann, ohne Tag für Tag seine Arbeit in Geld und das Geld wieder auf Umwegen in Nahrung und Kleidung zu verwandeln. Und auch darum, weil seine Arbeit immer einen Sinn hat. Was der Bauer tut, das ist fast alles notwendig. Was andere Leute tun, ist selten notwendig, und die meisten könnten gerade so gut etwas anderes treiben. Ohne Frucht und Brot kann niemand leben. Aber ohne die meisten Handwerke, Fabriken, auch ohne Wissenschaft und Bücher, könnte man ganz gut leben, viele wenigstens.«

»Ja nun. Aber schließlich läuft der Bauer, wenn ihm was fehlt, zum Arzt, und die Bäuerin, wenn sie einen Trost haben muß, zum Pfarrer.«

»Manche schon, aber nicht alle. Jedenfalls brauchen sie den Tröster mehr als den Arzt. Ein gesunder Bauernschlag kennt nur ganz wenige Krankheiten, und für die gibt es Hausmittel, und schließlich stirbt man eben. Aber den Pfarrer oder statt seiner einen andern Ratgeber, das brauchen die meisten. Darum will ich auch nicht wieder Bauer werden, ehe ich nicht Rat geben kann, mindestens mir selber.«

»Das ist also Ihr Ziel?«

»Ja. Haben Sie ein anderes? Dem Unverständlichen gewachsen sein, den Tröster in sich selber haben, das ist alles. Dem einen hilft Erkennen, dem andern Glauben und mancher braucht beides, und den meisten hilft beides nicht viel. Mein Vater hat es auf seine Art probiert und ist fehlgegangen, wenigstens hat er eine vollkommene Ruhe nie erreicht.«

»Ich glaube, die erreicht niemand.«

»O doch. Denken Sie an Buddha! Und dann an Jesus. Was die erreicht haben, meine ich, dazu sind sie auf so menschlichen Wegen gekommen, daß man denken sollte, es müsse jedem möglich sein. Und ich glaube, es haben schon sehr viele Menschen das erreicht, ohne daß man davon weiß.«

»Glauben Sie wirklich?«

»Gewiß. Die Christen haben Heilige und Se-
lige. Und die Buddhisten haben ja auch viele
Buddhas, die für ihre Person die Buddhaschaft,
die Vollendung und vollkommene Erlösung, gewonnen haben. Sie stehen darin dem großen
Buddha ganz gleich, nur hat er das weitere getan,
daß er seinen Erlösungsweg der Welt mitgeteilt
hat. Ebenso hat Jesus seine Seligkeit und innere
Vollendung nicht für sich behalten, sondern seine
Lehre gegeben und ihr sein Leben zum Opfer
gebracht. Wenn er der vollkommenste Mensch
war, so wußte er auch, was er damit tat, und er
wie jeder von den großen Lehrern hat ausdrücklich das Mögliche gelehrt, nicht das Unmögliche.«

»Nun ja. Ich habe darüber wenig nachgedacht.
Man kann ja dem Leben diesen oder jenen Sinn
beilegen, um sich zu trösten. Aber es ist doch eine
Selbsttäuschung.«

»Lieber Herr Calwer, damit kommen wir nicht
weit. Selbsttäuschung ist ein Wort, Sie können
statt dessen Mythus, Religion, Ahnung, Weltan-
schauung sagen. Was ist denn wirklich? Sie, ich,
das Haus, das Dorf? Warum? Diese Rätsel sind
unlösbar, selbstverständlich, aber sind sie denn so
wichtig? Wir fühlen uns selbst, wir stoßen mit
dem Körper an andere Körper und mit dem Verstand an Rätsel. Es gilt nicht, die Wand wegzu-

schaffen, sondern die Tür zu finden. Der Zweifel an der Realität der Dinge ist ein Zustand; man kann in ihm verharren, aber man tut es nicht, wenn man denkt. Denn Denken ist kein Verharren, sondern Bewegung. Und für uns kommt es nicht darauf an, das als unlösbar Erkannte zu lösen.«

»Ja, wenn wir aber doch einmal die Welt nicht erklären können, wozu dann noch denken?«

»Wozu? Um zu tun, was möglich ist. Wenn jeder sich so bescheiden wollte, dann hätten wir keinen Kopernikus und keinen Newton, auch keinen Plato und Kant. Es ist Ihnen ja auch nicht ernst damit.«

»Allerdings, so nicht. Ich meine nur, von allen Theorien sind die über die Ethik am gefährlichsten.

»Ja. Aber ich sprach nicht von Theorien, sondern von Menschen, deren Leben eine Problemlösung, also eine Erlösung bedeutet. Aber wir sind noch zu weit auseinander; wir müssen uns erst besser kennen, dann findet sich schon ein Boden, auf dem wir uns richtig verstehen.«

»Ja, das hoffe ich. Wir sind wirklich weit auseinander, das heißt, Sie sind mir weit voraus. Sie fangen schon an zu bauen, und ich bin noch am Reinreißen und Platzschaffen. Ich habe noch nichts gelernt als mißtrauisch sein und analysieren und weiß noch nicht, ob ich je etwas anderes können werde.«

»Wer weiß? Sie haben mir gestern vorgespielt und aus ein paar Proben und Stücken mir eine Vorstellung von einem Kunstwerk gegeben, so daß ich wirklich etwas davon hatte. Das ist nicht mehr Analyse. – Aber kommen Sie jetzt, wir wollen noch hinausgehen, eh es dunkel wird.«

Sie traten miteinander aus dem Hause in den kalten, sonnenlosen Januarnachmittag und suchten auf rauh gefrorenen Feldwegen einen Hügel auf, wo fein verästelte Birken standen und eine Aussicht auf zwei Bachtäler, die nahe Stadt und entfernte Dörfer und Höhen sich auftat.

Als die beiden wieder ins Sprechen kamen, war es über persönliche Angelegenheiten. Hans erzählte von seinen Eltern, von seiner burschikosen Zeit, von seinen bisherigen Studien. Sie stellten fest, daß Wirth beinahe vier Jahre älter war als Hans. Dieser ging neben Wirth her mit dem beinahe ängstlichen Gefühl, daß dieser Mensch ihm zum Freund bestimmt und daß es doch noch nicht und vielleicht noch lange nicht Zeit sei, davon zu reden. Er empfand, daß sein Bekannter ihm im Wesen unähnlich sei und daß eine Freundschaft mit ihm nicht auf Annäherung und Vermischung, sondern nur darauf beruhen könne, daß jeder im Bewußtsein seiner eigenen

Art dem andern in Freiheit sich näherte und Rechte zugestand.

Und dabei fühlte Hans sich seiner selbst weniger sicher als jemals. Seit dem Erwachen seines Bewußtseins war er sich als ein nicht zur Menge gehörender, von allen andern genau unterschiedener sehr deutlich geprägter Mensch erschienen; es war ihm auch immer lästig gewesen, sich so jung zu wissen. Statt dessen kam er sich jetzt, Wirth gegenüber, unfertig und wirklich jung vor. Er merkte nun auch wohl, daß seine Überlegenheit über Erwin Mühletal und andere Kameraden ihm eine falsche Sicherheit verliehen hatte und von ihm mißbraucht worden war. Diesem Heinrich Wirth gegenüber genügte es nicht, ein wenig geistreich und dialektisch geschickt zu sein. Hier mußte er sich selbst ernster nehmen, bescheidener sein, seine Hoffnungen nicht wie Erfüllungen hinstellen. Diese Freundschaft würde denn auch kein Spiel und Luxus mehr sein, sondern ein Zusammenfassen und beständiges Messen seiner Kraft und seines Wertes am anderen. Wirth war ein Mensch, dem alle Probleme im Denken und Leben schließlich zu ethischen Aufgaben wurden, und Hans empfand nicht ohne Peinlichkeit, daß das eine ganz andere Rüstung war als sein geistiger Habitus, der allzuviel Schöngeisterei an sich hatte.

Wirth machte sich weniger Gedanken. Er

spürte wohl, daß Hans ein Bedürfnis nach Freundschaft habe und hieß ihn im Herzen willkommen. Aber Hans war nicht der erste, der sich ihm so näherte, und er machte sich im voraus darauf gefaßt, eines Tages auch ihn wieder abfallen zu sehen. Vielleicht war Calwer auch einer von den vielen, die »sich für seine Ziele interessierten«, und Interesse war nicht das, was Wirth brauchte, sondern lebendiges Mitleben, Opfer, Hingabe. Was er sonst von niemand beanspruchte, würde er von einem Freund verlangen müssen. Doch zog ihn immerhin eine absichtslose, sanft zwingende Neigung zu Hans. Der hatte etwas, was Wirth fehlte und darum doppelt hoch schätzte, ein angeborenes Verhältnis zum Schönen, keinem Zwecke Dienenden, zur Kunst. Die Kunst war das einzige Gebiet des höheren Lebens, dem er mit Bedauern fremd geblieben war und von dem er doch ahnte, es berge Erlösung. Darum sah er in Hans nicht einen Schüler, der ihm einiges ablernen und dann weitergehen würde, sondern fühlte die Möglichkeit und Hoffnung, selbst von ihm zu lernen und einen Wegweiser an ihm zu haben.

Gedankenvoll nahmen sie voneinander Abschied, ohne einen herzlichen Ton zu finden. Sie waren sich allzu schnell nahe gekommen und empfanden beide ein instinktives Widerstreben vor der Hingabe und dem Augenblick vollkommener Offenheit, ohne den keine Bekanntschaft zur Freundschaft wird.

Nach hundert Schritten wendete Hans sich um und sah dem anderen nach, in der halben Hoffnung, auch er möchte zurückschauen. Aber dieser ging mit gleichmäßigem Schritt davon, seinem Dorf und der frühen Abenddämmerung entgegen, und sah ganz aus wie ein bewährter Mann, der seinen harten Weg allein so sicher geht wie zu zweien und sich von Neigungen und Wünschen nicht leicht beirren läßt.

»Er geht wie in einer Rüstung«, dachte Hans und spürte ein brennendes Verlangen, diesen wohl Bewehrten dennoch heimlich zu treffen und durch einen unbewachten Spalt zu verwunden. Und er beschloß zu warten und zu schweigen, bis auch dieser Zielbewußte einmal schwach und menschlich und liebebedürftig wäre. Seine Hoffnung und sein Verlangen und Leiden war, ohne daß er es wußte oder daran dachte, beinahe genau von derselben Art wie vor langer Zeit, in Knabenzeiten, die Werbung und sehnliche Geduld, mit der ihn damals Erwin verfolgt hatte. An ihn dachte Hans heute nicht und überhaupt nicht mehr viel. Er wußte nicht, daß einer um ihn und durch seine Schuld litt und in der Irre ging.

Erwin war noch immer in das Fräulein Elvira verliebt oder glaubte es zu sein. Trotzdem lag er seinem Lasterleben mit einer gewissen Vorsicht ob und hatte neuerdings wieder häufig Stunden der Abrechnung und der guten Vorsätze. Sein eigentliches Wesen, so sehr es im Augenblick betäubt und hilflos lag, wehrte sich heimlich gegen die unsäuberliche Umgebung mit einem moralischen Übelbefinden. Die launenhafte Elvira erleichterte ihm das, indem sie sich meistens spröd und bissig zeigte und zwei, drei andern Stammgästen vor ihm den Vorzug gab.

In manchen Augenblicken meinte Erwin, das alles schon hinter sich zu haben und den Rückweg zu Selbstachtung und Behagen zu wissen. Es brauchte ja nur einen kräftigen Entschluß, eine kurze Zeit standhafter Enthaltung, vielleicht eine Beichte. Allein das alles kam keineswegs von selber, und der noch gar zu knabenhafte Entgleiste mußte zu seinem Schrecken erfahren, daß begonnene üble Gewohnheiten sich nicht wechseln lassen wie ein Hemd und daß das Kind sich erst schmerzlich verbrannt haben muß, ehe es das Feuer kennt und meidet. Er glaubte allerdings verbrannt genug zu sein und Elend genug gekostet zu haben, aber darin täuschte er sich sehr. Es waren ihm noch Bitternisse vorbehalten, die er sich nicht vorgestellt hatte.

Eines Tages besuchte ihn, als er noch im Bett lag, sein Leibbursch, ein flotter und eleganter Student, den er anfangs gerngehabt hatte. In der letzten Zeit war aber sein Verhältnis zur ganzen Gesellschaft so gespannt und künstlich geworden, daß ein persönlicher Verkehr auch mit einzelnen kaum mehr bestanden hatte. Darum erweckte ihm der unerwartete Besuch Unbehagen und Mißtrauen.

»Servus, Leibbursch«, rief er, künstlich gähnend, und setzte sich im Bett aufrecht.

»Wie geht's denn, Kleiner? Noch im Bett?«

»Ja, ich steh gleich auf. Ist denn heut Hauboden?«

»Das mußt du selber wissen.«

»Na ja.«

»Nun hör mal zu, Kleiner! Mir scheint, es gibt einige Sachen, die du zu meinem Erstaunen nicht selber weißt. Da muß ich mal ein bißchen revidieren.«

»Gerade jetzt?«

»Es wird am besten sein. Ich hätte dir's schon dieser Tage gesagt, aber du bist ja nie zu Haus. Und im ›Goldenen Stern‹ möchte ich dich doch nicht aufsuchen.«

»Im ›Goldenen Stern‹? Wieso?«

»Junge, mach keine unnötigen Sprünge! Du bist zweimal im ›Goldenen Stern‹ gesehen worden und du weißt, daß dir das Lokal verboten ist.«

»Ich war nie in Couleur dort.«

»Das will ich hoffen! Du sollst aber überhaupt nicht hingehen, und auch nicht in den ›Walfisch‹. Und du sollst auch nicht mit stud. med. Häseler verkehren, den kein anständiger Mensch mehr ansieht, und auch nicht mit dem stud. phil. Meyer, der vor drei Semestern bei den Rhenanen wegen Falschspiels gewimmelt worden ist und bei zwei Forderungen gekniffen hat.«

»Herrgott, das konnte ich ja nicht wissen.«

»Desto besser, wenn du's nicht gewußt hast. Die Tatsache, daß du den Umgang dieser Herren dem mit deinen Bundesbrüdern vorziehst, wird für uns dadurch ein bißchen weniger beschämend.«

»Du weißt ganz gut, warum ich mich von den Kameraden ferngehalten habe.«

»Ja, die Geschichte mit Calwer —«

»Und die Art, wie ich bei euch beleidigt worden bin —«

»Bitte, das war einer, zugegeben ein Grobian, und er hat Abbitte getan.«

»Ja, was soll ich denn tun? Dann trete ich eben aus.«

»Das ist schnell gesagt. Aber wenn du ein anständiger Kerl bist, tust du das nicht. Du mußt nicht vergessen, daß du nicht Calwer bist. Bei dem lag der Fall anders. Sein Austritt war uns ja peinlich, aber – alle Achtung – der Mensch war einwandfrei. Bei dir steht es ein wenig anders.«

»So? Bin ich nicht einwandfrei?«

»Nein, Kleiner, es tut mir leid. Übrigens laß jetzt das Heftigwerden womöglich, mir zulieb. Mein Besuch ist nicht offiziell, wie du vielleicht meinst, ich kam ganz freundschaftlich. Also sei gescheit! – Siehst du, wenn du jetzt bei uns austreten wolltest, wäre es nicht sehr fein von dir, denn du hast Dummheiten gemacht und solltest das zuerst wieder in Ordnung bringen. Dazu gehört nicht viel. Ein paar Wochen tadellose Haltung, weiter nichts. Dann vergehen dir auch die unnützen Gedanken. Schau, es ist schon vielen so gegangen wie dir, deine kleinen Exzesse sind ja noch harmlos, und es sind viel bösere Sachen schon wieder in Ordnung gebracht worden. – Und dann, um auch das zu sagen, könnte es für dich peinlich werden, wenn du jetzt austreten wolltest.«

»Warum?«

»Begreifst du nicht? Man könnte dir dann zuvorkommen.«

»Du meinst, mich hinausschmeißen? Weil ich ein paarmal im ›Goldenen Stern‹ war?«

»Ja, es wäre ja eigentlich kein Grund. Aber

76

weißt du, im Notfall würde man es vielleicht doch tun. Es wäre schroff, auch ungerecht, aber du könntest nichts dagegen tun. Und dann wärst du fertig. Es mag ja Spaß machen, gelegentlich mit so ein paar defekten Existenzen einen Schoppen zu trinken, aber auf sie angewiesen sein – nein, das wäre schlimm, auch für robustere Naturen als deine.«

»Aber was soll ich denn tun?«

»Gar nichts, als den Verkehr dort abbrechen. Du brauchst auch kein Verhör zu fürchten. Ich werde sagen, du habest eingesehen, daß dein Verhalten in letzter Zeit zu wünschen übrig ließ, und mir versprochen, es sofort und gründlich gutzumachen. Dann ist alles erledigt.«

»Wenn ich aber doch nicht zu euch passe und mich bei euch nicht wohl fühle?«

»Das ist deine Sache. Ich weiß nur, es ist schon vielen so gegangen und sie sind es vollkommen wieder losgeworden. So wird's dir auch gehen. Und wenn es schließlich nicht anders geht, kannst du immer noch austreten. Aber jetzt nicht, unter keinen Umständen.«

»Das sehe ich ein. Ich bin dir auch dankbar, daß du mir helfen willst, wirklich. Also ich werde nimmer in den ›Stern‹ gehen und mir Mühe geben, euch zufrieden zu stellen. Genügt das?«

»Meinetwegen. Nur mußt du, bitte, daran denken, daß ich − − ich wollte sagen, ich habe die dumme Sache jetzt quasi auf mich genommen, damit dir eine offizielle Mahnung erspart bleibt. Natürlich kann ich das nur einmal tun, das siehst du ja ein. Wenn du je wieder −«

»Selbstverständlich. Du hast jetzt schon mehr getan, als du tun mußtest.«

»Nun gut. Jetzt nimm dich eben ein wenig zusammen: zeig dich häufiger bei uns, auch wenn nichts Offizielles los ist, geh öfter mit ins Café und zum Bummeln und gib dir auf dem Hauboden Mühe. Dann ist ja alles gut.«

Das war freilich Erwins Ansicht nicht. Er fand, es sei alles schlimmer geworden, und hatte weder die Hoffnung noch die Absicht, eine befriedigende Laufbahn als Couleurstudent zu vollenden. Er nahm sich vor, nur noch so lange in der Verbindung zu bleiben, bis er mit Anstand und Ehren freiwillig gehen könnte, etwa bis zum Schluß des Semesters.

Erwin vermied denn auch, ohne sie zu vermissen, jene verbotenen Kneipen und ihre Stammgäste von nun an vollkommen. Allerdings mit Ausnahme des ›Blauen Husaren‹. Den suchte er schon nach wenigen Tagen wieder auf, wenn auch mit der halben Absicht, es einen Abschiedsbesuch sein zu lassen. Da hatte er aber nicht mit Elvira gerechnet. Die merkte sofort, wie es um ihn stand, und war an jenem Tage so lieb und zugänglich, daß er gleich am folgenden wiederkam. Da lockte sie ihm das Geheimnis seiner Sorgen ohne Mühe ab. Sie riet ihm sehr dringend, ja in seiner Verbindung zu bleiben, sonst möge sie ihn gar nimmer sehen.

So stahl er sich mit Diebesgefühlen immer wieder in das schlimme Haus und geriet so tief wie je unter die Gewalt des Mädchens. Und kaum war sie seiner wieder ganz sicher, da waren auch alle Launen wieder da. Darauf machte er in Zorn und wirklicher Erbitterung ihr eine heftige Szene, jedoch mit üblem Erfolg. Sie ließ ihn toben und brachte still ein kleines, unsauberes Büchlein zum Vorschein, in dem waren seine Zechschulden und die gelegentlich erhaltenen baren Darlehen, an die er längst nimmer gedacht und deren früher von ihm angebotene Rückzahlung sie damals lachend abgelehnt hatte, Summe auf Summe gebucht und machten einen ganz erstaunlich hohen Betrag aus. Es war oft an vergnügten Abenden Champagner und teurer Wein getrunken worden, ohne daß er ihn ausdrücklich bestellt hätte, und die Zechbrüder hatten fleißig mitgehalten und ihn einschenken lassen. Auch diese Flaschen und Bouteillen standen alle wohlgezählt hier in dem kleinen Büchlein und blickten ihn treulos grinsend an. Die ganze Summe war viel zu groß, als daß er sie, wenn auch allmählich, aus seinem monatlichen

Gelde hätte abzahlen können, und außerdem waren das leider nicht seine einzigen Schulden.

»Stimmt das oder nicht?« fragte Fräulein Elvira mit stiller Majestät. Sie war ganz darauf gefaßt, daß er protestieren werde, und hätte äußerstenfalls einen guten Teil wieder gestrichen. Allein Erwin protestierte nicht.

»Ja, es wird schon so sein«, sagte er ergeben und kleinmütig. »Verzeih, ich hatte daran im Augenblick gar nicht gedacht. Natürlich will ich es so bald wie möglich bezahlen. Kannst du noch ein wenig warten?«

Dieser Erfolg übertraf ihre Erwartungen so sehr, daß sie gerührt wurde und ihn mütterlich streichelte.

»Siehst du«, sagte sie mild, »es ist nicht bös gemeint. Ich wollte dich nur daran erinnern, daß ich nicht bloß Schimpfworte bei dir zugute habe. Wenn du brav bist, dann bleibt das Büchlein ruhig, wo es ist, ich brauche das Geld nicht, und wenn es mir einfällt, werf ich's ins Feuer. Aber wenn du nimmer zufrieden bist und mich aufregst, dann könnte es passieren, daß ich einmal über deine Rechnung mit den Herren von deiner Verbindung rede.«

Erwin wurde blaß und starrte sie an.

»Na«, lachte sie, »du mußt keine Angst haben.«

Das kam zu spät. Er hatte Angst, er wußte nun,

80

daß er im Garn war und seine Tage von der Gnade einer Spekulantin fristete.

»Ja, ja«, sagte er und lächelte blöde. Und dann ging er demütig und traurig fort. Sein bisheriges Elend, das sah er jetzt wohl, war eine Kinderei gewesen und seine Verzweiflung lächerlich. Nun wußte er plötzlich, wohin ein bißchen Leichtsinn und Torheit führen kann, und sah die Umgebung, in die er mit ebensoviel Harmlosigkeit wie bösem Gewissen geraten war, auf einmal in unbarmherzig grellem Licht.

Jetzt mußte etwas geschehen. Mit der Schlinge um den Hals herumlaufen konnte er nicht. Und alles Unsäuberliche und Verfehlte dieser paar Monate, das gestern noch einen Schein von Liebenswürdigkeit und Unverbindlichkeit getragen hatte, umgab ihn jetzt unversehens scheußlich und übermächtig, wie der Sumpf einen umgibt, der nach ein paar tastenden Schritten plötzlich bis zum Halse einsinkt.

Früher hatte Erwin, wie jeder junge Mensch von einigem Leichtsinn, gelegentlich in Katerstunden den Gedanken vor sich spielen lassen, daß man ja, wenn alle Freude zu Ende wäre, einen Revolver nehmen und ein Ende machen könne. Jetzt, wo die Not da war, war auch dieser schlechte Trost verflogen und tauchte nicht einmal als Möglichkeit mehr auf. Es galt jetzt nicht, eine letzte Feigheit zu begehen, sondern eine schlimme, ärgerliche Reihe von dummen Streichen mit aller Verantwortung auf sich zu nehmen und womöglich abzubüßen. Er war aus einem traumhaften, verantwortungslosen, unbegreiflichen Dämmerzustand erwacht und dachte keinen Augenblick daran, wieder einzuschlafen.

Die Nacht verbrachte er mit Pläneschmieden. Allein so notwendig es war, nach Hilfe zu suchen, noch mächtiger trieb es ihn dazu, immer wieder und immer noch einmal mit Verwunderung und Grausen das Unbegreifliche zu betrachten. War er denn ein paar Wochen ein ganz anderer Mensch geworden? War er blind gewesen? Er spürte ein Grausen darüber, aber er wußte, es war ein nachträglicher Schrecken, die Gefahr war vorbei. Nur mußte um jeden Preis diese Geldschuld sofort abgetan werden, alles andere würde von selber kommen.

Am Morgen war sein Plan fertig.

Er ging zu seinem Leibburschen, den er beim Rasieren antraf. Der erschrak über sein Aussehen und fürchtete, es sei ein Unglück im Gang. Erwin bat ihn, er möchte ihn für einen oder zwei Tage entschuldigen, da er sofort verreisen müsse.

»Ist dir jemand gestorben?« fragte der andere teilnehmend, und Erwin nahm in der Eile die so angebotene Notlüge willig an. »Ja«, sagte er rasch.

»Aber ich kann jetzt keine Auskunft geben. Spätestens übermorgen bin ich wieder da. Sei so gut und entschuldige mich in der Fechtstunde! Später erzähl ich dir dann. Also danke schön und adieu!«

Er lief fort und zur Eisenbahn. Nachmittags kam er im Heimatstädtchen an und ging schnell, auf Umwegen das Haus seiner Mutter vermeidend, in die Schreibstube seines Schwagers. Der war Teilhaber an einer kleinen Fabrik und der einzige Mensch, an den sich Erwin zur Zeit um Geld wenden konnte.

Der Schwager war nicht wenig überrascht, ihn da zu sehen, und wurde ziemlich kühl, als er sofort erklärte, er sei in eine Geldverlegenheit gekommen. Dann setzten sie sich beide in einem Nebenzimmer einander gegenüber, und Erwin sah dem Mann seiner Schwester, für den er nie viel Interesse gehabt hatte, mit Verlegenheit in das bescheidene, solide Gesicht. Aber einmal mußte er sich doch wehe tun und büßen, also tat er es lieber gleich jetzt, und nach einigem Atemholen gab er sich preis und legte dem erstaunten Kaufmann eine vollkommene Beichte ab. Sie dauerte, mit kurzen Zwischenfragen, eine gute Stunde.

Darauf folgte eine peinliche Pause. Schließlich fragte der Schwager: »Und was tust du, wenn ich dir das Geld nicht geben kann?«

Erwin hatte sich in seiner Beichte so weit hergegeben, daß er der Grenze nahe war und seine Offenheit schon fast bereute. Nun hätte er am liebsten gesagt: »Das geht dich nichts an.« Aber er hielt an sich und schluckte es hinunter. Schließlich sagte er zögernd: »Es gibt nur einen Weg. Wenn du nicht willst oder kannst, muß ich zu meiner Mutter gehen und ihr alles sagen. Du weißt, wie weh ihr das tun wird. Es wird ihr auch schwerfallen, das Geld gleich aufzubringen, obwohl sie es sicher tun wird. Ich könnte vielleicht auch zu einem Geldverleiher gehen, aber vorher wollte ich doch zu Haus anfragen.« Der Schwager stand auf und nickte ein paarmal nachdenklich.

»Ja«, sagte er zögernd, »ich gebe dir natürlich das Geld, zum gewöhnlichen Zinsfuß. Du kannst nachher im Bureau den Schein unterschreiben. Ich kann dir keine Ratschläge geben, nicht wahr? Es tut mir leid, daß es dir so gegangen ist. Trinkst du nachher den Tee bei uns?«

Erwin dankte ihm verlegen, nahm aber die Einladung nicht an. Er wollte noch vor Abend wieder reisen. Das schien auch dem Schwager das Klügste zu sein.

»Ja, wie du meinst«, sagte er. »Den Wechsel kannst du dann gleich mitnehmen.«

Die philosophischen »Paraphrasen über das Gesetz von der Erhaltung der Kraft« waren zwar den ursprünglichen Gedanken nach ausgeführt worden, machten aber ihrem Autor kein rechtes Vergnügen mehr. Hans Calwer stand schon stark unter dem Einfluß des bäurischen Denkers Wirth, dessen Art, Probleme anzufassen, allerdings zwar einseitiger, aber weit zielsicherer und folgerichtiger war als die seine. Er hatte daran gedacht, sein Manuskript ihm vorzulesen, hatte aber sofort wieder auf dieses Vorhaben verzichtet, denn er glaubte genau zu wissen, daß jener seine Arbeit schöngeistig und unnütz finden würde. Und allmählich kam sie ihm selber so vor. Er fand, sie sei zu sehr auf das Interessante gerichtet, fast feuilletonmäßig und im Stil zu selbstgefällig. Vernichten mochte er die sorgfältig geschriebenen Blätter nicht, die er soeben nochmals gelesen hatte, aber er rollte sie zusammen, verschnürte sie und legte sie in eine Ecke eines Schrankes, um sie nicht so bald wieder zu sehen.

Es war Abend. Die Lektüre und die peinliche Selbstkritik hatten ihn erregt und schließlich traurig gemacht. Denn er sah wohl, daß er noch nicht dazu reif sei, etwas wirklich Wertvolles zu leisten, und doch plagte ihn der Trieb, sich heimlich auszusprechen und seinen Meditationen und Einfällen eine abschließende, sorgfältige Form zu geben. So hatte er als Schüler Gedichte und Aufsätze gemacht und ein-, zweimal im Jahr alles wieder durchgesehen und vernichtet, während doch sein Verlangen, etwas Bleibenderes zu leisten, immer sehnlicher wurde. Er warf seine ausgerauchte Zigarette in den Ofen, stand eine Weile am Fenster und ließ die Winterluft herein und ging schließlich ans Klavier. Eine Weile tastete er phantasierend. Dann nahm er nach kurzem Überlegen die dreiundzwanzigste Sonate von Beethoven vor und spielte sie mit wachsender Sorgfalt und Innigkeit durch.

Als er fertig war und noch geneigt auf dem Klavierstuhl saß, klopfte es an der Tür. Er stand auf und öffnete. Erwin Mühletal kam herein.

»Du, Erwin?« rief Hans erstaunt und etwas befangen.

»Ja, darf ich?«

»Natürlich. Komm herein!«

Er streckte ihm die Hand entgegen.

Sie setzten sich beide an den Tisch, bei Lampenlicht, und nun sah Hans das bekannte Gesicht verändert und merkwürdig älter geworden. »Wie geht's dir?« fragte er, um einen Anfang zu finden. Erwin sah ihn an und lächelte.

»Nun, es geht so. Ich weiß ja nicht, ob mein Besuch dir lieb ist, aber ich wollte es einmal versuchen. Ich wollte dir ein wenig erzählen und dich vielleicht auch um einen Dienst bitten.«

Hans hörte der wohlbekannten Stimme zu und

86

war darüber verwundert, wie wohl sie ihm tat
und wieviel verlorenes, kaum mehr vermißtes
Behagen sie ihm brachte. Er bot ihm nochmals,
über den Tisch hinweg, die Hand.

»Es ist lieb von dir«, sagte er herzlich. »Wir
haben uns so lange nicht gesehen. Eigentlich hätte
ich vielleicht zu dir kommen sollen, ich hatte dir
weh getan. Nun, jetzt bist du da. Nimm dir eine
Zigarette.«

»Danke. Es ist behaglich bei dir. Ein Klavier
hast du ja auch wieder. Und noch die gleichen
guten Zigaretten. – Bist du mir bös gewesen?«

»Ach bös! Weiß Gott, wie das gegangen ist. Die
dumme Verbindung – ja so, verzeih!«

»Nur zu. Ich bleibe wohl auch nicht mehr lang.«

»Meinst du? Aber doch nicht meinetwegen?
Natürlich, du hast ja durch mich gewiß viel Un-
angenehmes gehabt. Nicht?«

»Das auch, aber das ist schon lange vorbei.
Wenn du Zeit hast, erzähl ich dir meine res ge-
stae.«

»Sei so gut. Und schone mich nur nicht.«

»Oh, du kommst fast gar nicht darin vor, wenn
ich auch die ganze Zeit an dich gedacht habe. Ich
hätte damals mit dir austreten sollen. Du warst ja
in den Tagen etwas kurz angebunden, und ich war
trotzig und wollte nicht so durch dick und dünn
mitgehen. Na, das weißt du schon. Es ist mir

seither nicht gutgegangen, und ich war selber schuld daran.«

Er fing nun zu erzählen an, und Hans bekam zu seinem Erstaunen und Schrecken zu hören, wie es seinem Freund gegangen war, während er wenig an ihn gedacht und sich gut ohne ihn beholfen hatte.

»Ich weiß nicht recht, wie das kam«, hörte er ihn sagen. »Eigentlich sind ja solche Sachen gar nichts für mich. Aber ich war eben damals nie ganz bei mir. Ich lief immerfort in einem leichten Dusel herum und ließ es gehen, wie es mochte. Und jetzt kommt das Hauptkapitel. Es spielt im Café zum ›Blauen Husaren‹, von dessen Existenz du wohl nichts gewußt hast.«

Und nun kam die Geschichte mit dem Fräulein Elvira. Die erschien Hans so traurig und doch so lächerlich, daß Erwin über sein Gesicht lachen mußte.

»Und was jetzt?« fragte Hans zum Schluß. »Natürlich brauchst du Geld. Aber woher nehmen? Meines steht ja zur Verfügung, aber es reicht nicht.«

»Danke schön, das Geld ist schon da«, sagte Erwin fröhlich und berichtete auch noch das, worauf Hans seinen Schwager einen anständigen Kerl nannte.

»Aber womit kann ich dir helfen?« fragte er dann. »Du sprachst doch von so etwas.«

»Jawohl. Du kannst mir einen großen Dienst tun. Nämlich, wenn du morgen früh dorthin gehen und mir die dumme Rechnung einlösen wolltest.«

»Hm, ja, natürlich kann ich das besorgen. Ich frage mich nur, ob du das nicht selber tun solltest. Es wäre doch ein kleiner Triumph für dich und ein tadelloser Abgang.«

»Das wohl, Hans. Aber ich meine, ich verzichte darauf. Es ist nicht Feigheit, dessen bin ich ziemlich sicher, sondern einfach Widerwillen, daß ich die Bude und die ganze Gasse nicht mehr sehen mag. Und dann dachte ich, wenn du hingehst, siehst du das Milieu auch einmal, als Illustration zu meinem Bericht, und wir haben dann eine gemeinsame Erinnerung an diese Zeit und an den ›Blauen Husaren‹.«

Das leuchtete Hans ein, und er nahm den Auftrag nun mit ziemlicher Neugierde an. Als Erwin die Scheine und Goldstücke herauszog und auf den Tisch zählte, rief Hans lachend: »Herrgott, ist das ein Haufen Geld!« Und er fügte ernsthaft hinzu: »Weißt du, eigentlich ist es eine Schande und Dummheit, das alles zu zahlen. Die Elvira hat dir ja sicher das Dreifache angekreidet und ist froh und macht ein gutes Geschäft, wenn sie die Hälfte vom Ganzen kriegt. So ein Sündengeld! Das geht nicht. Ich kann ja für alle Fälle einen Schutzmann mitnehmen.« Aber davon wollte Erwin durchaus nichts wissen.

»Du magst ganz recht haben«, sagte er ruhig, »und übrigens hab ich mir's auch schon überlegt. Aber ich mag nicht. Sie soll ihr Geld haben, und wenn sie es vollständig und mit Zinsen kriegt, habe ich auch meine ganze Freiheit wieder. Und wenn das jetzt auch gründlich vorbei ist, ich war doch eine Zeitlang in sie verliebt.«

»Ach, Einbildung!« zürnte Hans.

»Meinetwegen. Ich war's doch. Und ich will, daß sie mich für einen Dummkopf und anständigen Kerl hält, aber nicht für ihresgleichen.«

»Nun denn«, gab Hans zu, »eine Donquichotterie ist freilich immer das Nobelste. Es ist dumm von dir, aber fein. Also besorge ich's morgen. Ich gebe dir dann Bericht.«

Sie trennten sich vergnügt, und Hans war froh, etwas für den Freund tun und damit einen kleinen Teil seiner Schuld abtragen zu können. Er ging am nächsten Morgen in den »Blauen Husaren«, wo ihn Elvira erst nach längerem Wartenlassen und mit großem Mißtrauen empfing. Einen unsicheren Versuch, sie über die Unlauterkeit ihres Manövers zur Rede zu stellen, gab er ihrer großartigen Miene gegenüber sofort wieder auf und begnügte sich damit, ihr das Sündengeld zu übergeben und eine Quittung dafür zu verlangen, die er denn auch bekam und der Sicherheit wegen auch noch von Elviras Mutter unterschreiben ließ. Mit diesem Dokument ging er zu Erwin, der es ihm aufatmend und lachend abnahm.

»Darf ich jetzt noch etwas fragen?« fing dieser dann befangen an.

»Ja, was denn?«

»Wer ist denn der Student, der manchmal abends bei dir war und dem du aus dem Tristan vorgespielt hast?«

Hans war verlegen und gerührt, wie er sah, daß Erwin sich so um sein Leben bekümmerte und sogar vor seinem Fenster gelauscht hatte.

»Der heißt Heinrich Wirth«, sagte er langsam, »vielleicht lernst du ihn auch noch kennen.«

»Habt ihr Freundschaft geschlossen?«

»Ein wenig, ja. Ich kannte ihn vom Kolleg her. Das ist ein bedeutender Mensch.«

»So? Nun, ich sehe ihn vielleicht einmal bei dir. Oder stört's dich?«

»Was denkst du! Ich freu mich, daß du wieder zu mir kommst.«

Ganz im stillen störte es ihn aber doch ein wenig. Ein leiser Ton der Eifersucht war in Erwins Frage gewesen, der gefiel ihm nicht, denn er hatte nicht im Sinn, Erwin Einfluß auf sein Verhältnis zu Wirth einzuräumen. Doch sprach er das nicht aus, und seine Freude über die Versöhnung war echt genug, um fürs erste keine Sorgen in ihm aufkommen zu lassen.

Es kam nun eine ruhige Zeit, zumal für Erwin, der mit dem Glücksgefühl eines Genesenen umherging und nun auch seine Kameraden und ihre Ansprüche an ihn milder und gerechter betrachtete. Er glaubte zu wissen, daß sein erneuter Umgang mit Calwer seinen Bundesbrüdern nicht verborgen geblieben sei, und freute sich, daß man ihn nicht darüber zur Rede stellte. Desto lieber gab er sich Mühe, seine Pflichten zu erfüllen. Er fehlte bei keiner Zusammenkunft, schloß sich seinem Leibburschen wieder freundlich an, machte die Exkneipen der älteren Semester mit, und da er das alles nimmer verdrossen und gelangweilt tat, sondern mit Laune und gutem Willen, fand man ihn bald hinlänglich gebessert und kam ihm mit neuer Freundlichkeit entgegen. Dabei wurde ihm wohl; er fand Gleichgewicht und Humor wieder, und es dauerte nicht lange, so war die Gesellschaft mit ihm und er mit sich selbst ganz zufrieden. Sein Austritt schien ihm durchaus keine Notwendigkeit mehr zu sein, jedenfalls hatte er es damit nicht mehr eilig.

Auch Hans befand sich dabei wohl. Erwin besuchte ihn zwei-, dreimal in der Woche, und wenn er selbständiger geworden war und keine Miene machte, sich wieder in die alte Abhängigkeit zu begeben, so blieb dafür Hans selber freier und empfand das lockerer gewordene Verhältnis nur angenehm.

Gegen Ende des Semesters kam Erwin einmal zu ihm und begann von seinem Verbindungsleben zu sprechen. Er meinte, jetzt sei der Augenblick, um entweder auszutreten, was er nun in allen Ehren tun könnte, oder aber aus freiem Entschluß Couleurstudent zu bleiben, da er jetzt zum Burschen vorrücken werde.

Und als ihm Hans lächelnd erklärte, er finde, die Farben stehen ihm gut, und er rate ihm, sie weiter zu tragen, rief er lebhaft: »Du hast recht! Sieh, wenn du ein Wort gesagt hättest, wär ich sofort ausgesprungen; du bist mir immer noch lieber als der ganze Rummel dort. Aber Spaß macht es mir doch, und da ich jetzt die Fuchsenzeit ausgehalten habe, wäre es dumm, wegzugehen, wo das eigentlich Lustige erst anfängt. Also wenn du mir's nicht übel nimmst, bleib ich dabei.«

So war zwar die alte Unzertrennlichkeit dahin, aber es gab auch keine Mißverständnisse, Händel und Stürme mehr; das leidenschaftliche Verhältnis von ehemals war friedlich, behaglich und ein wenig oberflächlicher geworden. Man ließ einander gelten, sprach nicht mehr alles zusammen durch, gönnte einander Ruhe und fühlte beim Zusammensein doch, daß man zueinander gehöre.

Erwin hatte sich freilich anfangs etwas mehr versprochen, doch gab ihm die muntere Geselligkeit in der Verbindung Ersatz für manches Vermißte, und ein unbewußter Stolz in ihm empfand sein allmähliches Freiwerden von Hansens Einfluß als einen Fortschritt. Und Hans war mit diesem Zustand um so mehr zufrieden, da ihm Heinrich Wirth mehr und mehr zu schaffen machte.

Kurz vor Semesterschluß traf eines Abends Erwin in Hansens Wohnung mit Wirth zusammen. Er betrachtete den Mann, auf den er eifersüchtig war, mit Aufmerksamkeit, und obwohl ihm jener freundlich entgegenkam, gefiel er ihm nicht sonderlich. Es störte ihn schon das Äußere des bäurischen Weisen, der ihm mit seiner unjugendlichen Würde und mit seinem vegetarischen Lebenswandel wenig imponierte, was Hans nicht ohne Ärger wahrnahm. Er versuchte sogar, den Fremdling ein wenig aufzuziehen und redete mit übertriebenem Interesse von studentischen Dingen. Und da Wirth ihn geduldig anhörte und ihn sogar durch Fragen ermunterte, ging er auf anderes über und fing an, über Abstinenz und Vegetarismus zu sprechen.

»Was haben Sie nun eigentlich für Vorteile von diesem Asketenleben?« fragte er. »Andere trinken und essen gut und haben doch keine Beschwerden.«

Wirth lachte gutmütig. »Nun ja, dann trinken Sie eben weiter! Die Beschwerden werden später schon kommen. Aber es hätte auch jetzt schon Vorteile für Sie, wenn Sie anders leben würden.«

»Welche zum Beispiel? Sie meinen, daß ich viel Geld sparen könnte? Daran liegt mir wenig.«

»Warum auch? Aber ich denke an anderes. Ich lebe zum Beispiel seit drei Jahren auf meine Art, die Sie asketisch nennen, und habe kaum ein Bedürfnis nach Frauen. Früher habe ich darunter viel gelitten, und es geht wohl allen Studenten so. Was sie durch Reiten und Fechten an Gesundheit und Widerstandskraft gewinnen, geben sie auf der Kneipe wieder aus, und das finde ich schade.«

Erwin war etwas verlegen geworden und verzichtete auf eine Fortsetzung des Streites. Er sagte nur noch: »Man könnte meinen, wir seien lauter Krüppel. Ich halte nicht viel von einer Gesundheit, an die man immerfort denken muß. Junge Leute sollten doch etwas vertragen können.«

Hans machte dem Gespräch ein Ende, indem er das Klavier öffnete.

»Was soll ich spielen?« fragte er Wirth.

»Oh, ich verstehe ja nichts von Musik, leider. Aber wenn Sie so gut sein wollen, möchte ich sehr gern noch einmal die Sonate von neulich hören.«

Hans nickte und schlug einen Band Beethoven auf. Während er spielte und wie er im Spielen

95

zuweilen umschaute und Wirths Blick suchte,
konnte Erwin wohl bemerken, daß er für diesen
allein spiele und mit seiner Musik um ihn werbe.
Er sah es, und er beneidete den Bauernlümmel
darum. Aber als das Spiel zu Ende war und wieder
ein Gespräch im Gang war, zeigte er sich höflich
und bescheiden. Er sah, daß dieser Mann Macht
über seinen Freund gewonnen habe, und er sah
auch, daß Hans bei einer Wahl ihn selber, nicht
den andern preisgeben würde. Auf diese Wahl
wollte er es nicht ankommen lassen.

Ihm schien der Einfluß, den Wirth auf Hans
ausübte, nicht gut. Ihm schien, er ziehe seinen
Freund noch mehr auf die andere Seite hinüber,
zu der er schon zuviel neigte, in ein Grüblertum
und Sonderlingswesen, das ihm halb lächerlich,
halb unheimlich war. Früher hatte Hans wohl
etwas vom Schwärmer und Denker gehabt,
doch war er dabei immer ein frischer, eleganter
Kerl gewesen, dem alles Lächerliche unmöglich
war. Nun aber, fand Erwin, verführte ihn dieser
Wirth und ging darauf aus ihn mehr und mehr
zu einem Stubenhocker und Problemwälzer zu
machen.

Wirth blieb ganz harmlos, während Hans die
Stimmung fühlte und auf Erwin ärgerlich wurde.
Er ließ es ihn auch merken und fiel im Gespräch
mit ihm in den alten überlegenen Ton, den Erwin

96

jetzt nicht mehr ertrug, so daß er frühzeitig Abschied nahm und gereizt fortging.

»Warum waren Sie denn so ruppig mit Ihrem Freund?« sagte Wirth nachher tadelnd. »Er hat mir gut gefallen.«

»Wirklich? Ich fand ihn heut unausstehlich. Was braucht er Sie so dumm aufzuziehen!«

»Das war doch nicht schlimm. Ich kann schon einen Spaß vertragen. Wenn es mich geärgert hätte, wäre ja ich der Dumme gewesen.«

»Es galt auch gar nicht Ihnen, es galt mir. Er meint, ich dürfe mit niemand Umgang haben als mit ihm. Dabei läuft er den ganzen Tag mit zwanzig Bundesbrüdern herum.«

»Aber Mann, Sie ärgern sich ja wirklich! Das sollten Sie verlernen, wenigstens Freunden gegenüber. Es war Ihrem Freund unangenehm, Sie nicht allein zu finden, und er hat uns das ein bißchen merken lassen. Aber sonst finde ich ihn nett und liebenswürdig; ich möchte ihn gern besser kennenlernen.«

»Nun lassen wir's gut sein. Ich begleite Sie noch ein Stück weit hinaus, wenn ich darf.«

Sie gingen in die dunkle Gasse hinab, durch die Stadt, die da und dort von Chorgesang widerhallte, und langsam ins freie Feld hinaus, wo die milde, sternlose Märznacht leise wehte. Von nördlichen Hügelabhängen schimmerte hie und da noch ein schmaler Streifen Schnee mit blassem Schein herüber. Die Luft ging weich und lässig durch das kahle Gesträuch, die Ferne lag schwarz in undurchdringlicher Nacht. Heinrich Wirth schritt wie immer ruhig und kräftig aus; Hans ging erregt neben ihm her, wechselte oft den Schritt, blieb manchmal stehen und sah in die bläuliche Nachtschwärze.

»Sie sind unruhig«, meinte Wirth. »Lassen Sie doch den kleinen Ärger fahren!«

»Es ist nicht deswegen.«

Wirth gab keine Antwort.

Eine kleine Weile gingen sie schweigend weiter. Ganz fern in einem Gehöft schlugen Hunde an. Im nächsten Gebüsch sang eine Amsel.

Wirth hob den Finger auf: »Hören Sie?«

Hans nickte nur und schritt schneller aus. Dann blieb er plötzlich stehen.

»Herr Wirth, wie denken Sie eigentlich über mich?«

»Das kann ich Ihnen nicht sagen.«

»Ich meine – wollen Sie nicht mein Freund sein?«

»Ich denke, das bin ich.«

»Noch nicht ganz. Ach, ich glaube, ich brauche Sie, ich brauche einen Führer und Kameraden. Können Sie das nicht verstehen?«

»Ich kann schon. Sie wollen etwas anderes als

98

die anderen; Sie suchen sich einen Weg, und Sie denken, ich könnte vielleicht den rechten wissen. Aber den weiß ich nicht, und ich glaube, es muß jeder seinen eigenen finden. Wenn ich Ihnen dazu helfen kann, dann gut! Dann müssen Sie eben eine Strecke weit meinen Weg mitgehen. Es ist nicht Ihrer, und ich glaube, die Strecke wird nicht lang sein.«

»Wer weiß? Aber wie soll ich es anfangen, Ihren Weg zu gehen? Wohin führt er? Wie finde ich ihn?«

»Das ist einfach. Leben Sie, wie ich lebe, es wird Ihnen gut tun.«

»Wie denn?«

»Suchen Sie viel an der Luft zu sein, womöglich draußen zu arbeiten. Ich weiß Gelegenheit dazu. Weiter, essen Sie kein Fleisch, trinken Sie keinen Alkohol, auch nicht Kaffee und Tee, und rauchen Sie nicht mehr. Leben Sie von Brot, Milch und Früchten. Das ist der Anfang.«

»Ich soll also ganz Vegetarier werden? Und warum?«

»Damit Sie sich das ewige Fragen nach dem Warum abgewöhnen. Wenn man vernünftig lebt, wird sehr vieles selbstverständlich, was vorher problematisch aussah.«

»Meinen Sie? Es kann ja sein. Aber ich finde, die Praxis sollte das Ergebnis des Nachdenkens sein,

99

nicht umgekehrt. Sobald ich einsehe, wozu dies Leben gut ist, kann ich es damit versuchen. Aber so ins Blaue hinein –«

»Ja, das ist Ihre Sache. Sie haben mich um Rat gefragt, und ich habe meinen Rat gegeben, den einzigen, den ich weiß. Sie wollten mit dem Denken anfangen und mit dem Leben aufhören, ich tue das Gegenteil. Das ist der Weg, von dem ich sprach.«

»Und wenn ich den nicht gehe, wollen Sie nicht mein Freund sein?«

»Es wird nicht gehen. Wir können ja trotzdem Gespräche führen und miteinander philosophieren, es ist eine angenehme Übung. Ich will Sie auch gar nicht bekehren. Aber wenn Sie mein Freund sein wollen, muß ich Sie ernst nehmen können.«

Sie gingen weiter. Hans war verwirrt und enttäuscht. Statt eines warmen Zuspruches, statt einer herzlichen Freundschaft wurde ihm eine Art von naturheilmäßigem Rezept geboten, das ihm nebensächlich und fast lächerlich vorkam. »Iß kein Fleisch mehr, so bin ich dein Freund.« Wenn er aber an seine früheren Unterhaltungen mit Wirth und an dessen ganzes Wesen dachte, dessen Ernst und Sicherheit ihn so mächtig angezogen hatte, konnte er ihn doch nicht für einen bloßen Apostel Tolstois oder des Vegetarismus halten.

Trotz seiner Ernüchterung begann er sich Wirths Vorschlag zu überlegen und dachte daran, wie verlassen er sein werde, wenn auch dieser einzige Mensch, der ihn anzog und von dem er sich Förderung versprach, ihn allein ließ.

Sie waren weit gegangen und standen schon vor den ersten Häusern von Blaubachhausen: da gab Hans seinem Freunde die Hand und sagte: »Ich will es mit Ihrem Rat versuchen.«

Hans begann sein neues Leben gleich am nächsten Morgen. Er tat es mehr, um sich Wirth willfährig zu zeigen als aus Überzeugung, und es fiel ihm weniger leicht als er gedacht hatte.

»Frau Ströhle«, sagte er morgens zu seiner Hausfrau, »ich trinke von jetzt an keinen Kaffee mehr. Bitte besorgen Sie mir jeden Tag einen Liter Milch.«

»Ja sind Sie denn krank?« fragte Frau Ströhle verwundert.

»Nicht gerade, aber Milch ist doch gesünder.«

Schweigend tat sie, was er wünschte; es gefiel ihr aber nicht. Bei ihrem Zimmerherrn war ein Sparren los, das sah sie wohl. Das viele Bücherlesen bei einem so jungen Studenten, das einsame Klavierspielen, der Austritt aus einer so stattlichen Gesellschaft, der Verkehr mit dem schäbig aussehenden Philologen und jetzt die Milchtrinkerei, das war nicht in Ordnung. Anfangs hatte sie sich ja gefreut, einen so stillen und bescheidenen Mietherrn zu haben, aber das ging zu weit, und sie hätte es lieber gesehen, wenn er wie die anderen zuweilen einen rechten Rausch heimgebracht und sich auf der Treppe schlafen gelegt hätte. Sie beobachtete ihn von jetzt an mit Mißtrauen, und was sie sah, freute sie keineswegs. Sie bemerkte, daß er nicht mehr ins Gasthaus zum Essen ging, dafür täglich verschämte Pakete heimbrachte, und als sie nachschaute, fand sie eine Tischlade voll von Brotresten, Nüssen, Äpfeln, Orangen und gedörrten Pflaumen.

»O je!« rief sie bei dieser Entdeckung, und um ihre Achtung vor Hans Calwer war es geschehen. Der war entweder verrückt oder bekam keinen Wechsel mehr. Und als er einige Tage später mitteilte, er werde im nächsten Semester die Wohnung wechseln, zuckte sie die Achseln und sagte nur: »Wie Sie wollen, Herr Calwer.«

Inzwischen hatte Hans eine Bauernstube in Blaubachhausen, in Wirths nächster Nähe, gemietet, die er nach den Ferien beziehen wollte.

Das Milchtrinken und Obstessen focht ihn wenig an, doch kam er sich bei diesem Leben wie in einer aufgenötigten Rolle vor. Seine Zigaretten aber entbehrte er schmerzlich, und mindestens einmal im Tag kam eine Stunde, in der er trotz allem eine anzündete und mit schlechtem Gewis-

102

sen beim offenen Fenster rauchte. Nach einigen Tagen schämte er sich aber dessen und verschenkte alle seine Zigaretten, eine große Schachtel voll, an einen Austräger, der ihm eine Zeitschrift gebracht hatte.

Während Hans so seine Tage hinbrachte und nicht allzu heiter war, ließ Erwin sich nimmer sehen. Er war von jenem Abend her verstimmt und wollte durchaus mit Wirth nicht wieder zusammentreffen. Dazu war, da schon in einer Woche die Ferien beginnen sollten, seine Zeit sehr ausgefüllt, denn er wurde jetzt als vielversprechender Jungbursch behandelt und bereitete sich darauf vor, aus dem Fuchsentum in die Reihe der Angesehenen und Tonangebenden zu treten.

So kam es, daß er Hans erst am letzten Tage vor der Abreise wieder besuchte. Er fand ihn am Packen und sah sogleich, daß er die Wohnung nicht behalten wollte, da das Klavier weggeschafft und die Bilder von den Wänden genommen waren.

»Willst du ausziehen?« rief er überrascht.

»Ja. Nimm Platz!«

»Hast du schon eine neue Bude? – Ja? Wo denn?«

»Vor der Stadt draußen, für den Sommer.«

»So – und wo?«

»In Blaubachhausen.«

103

Erwin sprang auf. »Wirklich? Nein, du machst ja Spaß.«

Hans schüttelte den Kopf.

»Also im Ernst?«

»Ja doch.«

»Nach Blaubachhausen! Zu dem Wirth hinaus, gelt? Zu dem Kohlrabifresser. – Du, sei gescheit und tu das nicht.«

»Ich habe schon gemietet und werde hinausziehen. Was geht's dich an?«

»Aber Hans! Laß doch den seine Grillen allein fangen! Das mußt du noch einmal überlegen. Hast du mir eine Zigarette?«

»Nein, ich rauche nimmer.«

»Aha. Also darum! Und jetzt ziehst du zu dem Waldmenschen hinaus und wirst sein Jünger? Du bist bescheiden geworden, muß ich sagen.«

Hans hatte sich vor dem Augenblick gefürchtet, wo er Erwin seinen Entschluß würde mitteilen müssen. Jetzt half ihm der Zorn über die Verlegenheit weg.

»Danke für dein freundliches Urteil«, sagte er kühl, »ich konnte mir das ja denken. Übrigens bin ich nicht gewohnt, mir von dir Ratschläge geben zu lassen.«

Erwin wurde heftig. »Nein, leider nicht. Dann mach eben deine Dummheiten allein!«

»Mit Vergnügen.«

»Ich meine es im Ernst. Wenn du da draußen mit deinem schmierigen Heiligen lebst, darf ich mich nimmer in deiner Nähe sehen lassen.«

»Das ist ja auch nicht nötig. Geh du nur zu deinen Couleuraffen.«

Nun hatte Erwin genug. Er hätte Hans schlagen können, wenn er ihm nicht immer noch ein wenig leid getan hätte. Ohne Abschied lief er hinaus, schlug die Türe hinter sich zu und war fort. Hans rief ihn nicht zurück, obwohl seine Erregung schon nachließ.

Er hatte sich nun einmal hingegeben, um diesen eigensinnigen, stillen Wirth durch Unterwerfung zu erobern; nun hieß es aushalten und dabei bleiben. Im Herzen begriff er Erwin sehr wohl; diese Jüngerschaft war ihm selber fast lächerlich. Aber er wollte nun einmal diesen beschwerlichen Weg gehen; er wollte einmal seinen Willen gefangen geben und auf seine Freiheit verzichten, einmal von unten auf dienen. Vielleicht war das der Weg, der ihm fehlte, vielleicht führte hier die schmale Brücke zur Erkenntnis und zur Zufriedenheit. Wie einst, als er im Rausch einer Gesellschaft beigetreten war, zu der er nicht paßte, so trieb ihn auch jetzt Schwäche und Unzufriedenheit, wieder einen Halt und eine Gemeinschaft zu suchen.

Übrigens war er überzeugt, Erwin würde nach einigem Schmollen schon wieder zu ihm kommen.

Darin täuschte er sich freilich. Nach dem, was Erwin in der Zeit nach seinem Austritt seinetwegen durchgemacht hatte, hätte er ihn von neuem fester an sich fesseln müssen, um ihn für immer zu halten. Jener hatte sich von seiner Rückkehr zu Hans mehr versprochen. Und außerdem hatte er im »Blauen Husaren«, im Kontor seines Schwagers und namentlich bei seinen Bundesbrüdern seither einiges gelernt, was Hans nicht ahnte und was die frühere bedingungslose Herrschaft Hansens über ihn zu Fall gebracht hatte. Er war, trotz allen Burschentorheiten, in aller Stille zu einem Mann geworden, und ohne selbst darüber im klaren zu sein, hatte er damit Hansens frühere Überlegenheit überwunden und sehen gelernt, daß der bewunderte Freund mit all seinem Geist doch kein Held sei.

Kurz, Erwin nahm sich den neuen Bruch mit ihm nicht übermäßig zu Herzen. Leid tat es ihm wohl, und er fühlte sich nicht ganz ohne Schuld; im Grunde aber fand er, es geschehe Hans recht, und bald dachte er an diese Sache gar nicht mehr. Es kam jetzt anderes über ihn.

Als er, vom Stiftungsfest und den Nachfeiern angenehm ermüdet, nach Hause in die Osterferien gekommen war, hatte er in seiner neuen Burschenherrlichkeit auf die Mama und die Schwestern einen sehr guten Eindruck gemacht.

Er war zufrieden, strahlend, liebenswürdig und launig, machte in einem feinen, neuen Sommeranzug Besuche, spielte mit der Mutter Domino und brachte den Schwestern Blumen mit, gewann die Herzen der Tanten durch kleine Dienste und befliß sich nach allen Seiten einer angenehmen Tadellosigkeit.

Das hatte seinen guten Grund. Erwin Mühletal hatte sich gleich am ersten Ferientage verliebt. Bei seinem Onkel war ein junges Mädchen, eine Freundin der Cousinen, zu Besuch. Die war hübsch, lebhaft, neckisch, spielte Tennis, sang, sprach von den Berliner Theatern und ließ sich von dem jungen Studenten, obschon sie ihn recht gern sah, nicht im mindesten imponieren. Desto mehr gab er sich Mühe und erschöpfte sich in Liebenswürdigkeit und Diensteifer, bis die Stolze gnädig und schließlich weich wurde und er die schönen Ferien mit einer heimlichen Verlobung krönend abschließen konnte.

Von Hans war nie die Rede. Als Erwins Mutter einmal nach ihm fragte, meinte er kurz: »Der Calwer! Ach, der ist ja nicht gescheit. Das Neueste ist, daß er zu den Abstinenten geht und mit einem Sonderling zusammenlebt, der Buddhist oder Theosoph oder so etwas ist und sich die Haare nur alle Jahre einmal schneiden läßt.«

Das Sommersemester fing prächtig an. Die Anlagen blühten und erfüllten die ganze Stadt mit dem süßen Duft von Flieder und Jasmin; die Tage waren glänzend blau und die Nächte schon sommerlich mild. Farbige Studentenhaufen zogen prahlend durch die Straßen, ritten, kutschierten und führten die grünen Keilfüchse spazieren. In den Nächten scholl Gesang aus offenen Fenstern und Gärten.

Von diesem Freudenleben bekam Hans nur wenig zu sehen. Er war in Blaubachhausen eingezogen, ging jeden Morgen mit Heinrich Wirth in die Stadt zu einem Sanskritkolleg, tunkte mittags Brot in seine Milch, ging spazieren oder versuchte bei ländlichen Arbeiten mitzuhelfen und fiel jeden Abend todmüde in sein hartes Strohsackbett, ohne doch gut zu schlafen.

Sein Freund machte es ihm nicht leicht. Er glaubte an seinen Ernst immer noch nur halb und hatte sich vorgenommen, ihn eine rauhe Schule durchmachen zu lassen. Ohne je aus seiner heiteren Ruhe zu fallen und ohne je zu befehlen, zwang er ihn, in allem nach seiner eigenen Weise zu leben. Er las mit ihm in den Upanishads der Veden, trieb mit ihm Sanskrit, lehrte ihn eine Sense in die Hände nehmen und Gras schneiden. War Hans ermüdet oder ärgerlich, so zuckte er die Achseln und ließ ihn in Ruhe. Fing Hans räsonierend über dies Leben zu reden an, so lächelte er und schwieg, auch wenn Hans wütend und beleidigend wurde.

»Es tut mir leid«, sagte er einmal, »daß es dir so schwer fällt. Aber ehe du die Not des Lebens am eigenen Leib erfahren hast und begreifen lernst, was Unabhängigkeit von Lust und Reizen des äußeren Lebens bedeutet, kannst du nicht vorwärts kommen. Du gehst denselben Weg, den Buddha ging und den jeder gegangen ist, dem es mit der Erkenntnis ernst war. Die Askese selber ist wertlos und hat noch keinen Heiligen gemacht, aber als Vorstufe ist sie notwendig. Die alten Inder, deren Weisheit wir verehren und zu deren Büchern und Lehren jetzt Europa zurückkehren möchte, die haben vierzig und mehr Tage fasten können. Erst wenn die leiblichen Bedürfnisse ganz überwunden und nebensächlich geworden sind, kann ein ernstliches geistiges Leben anfangen. Du sollst kein indischer Büßer werden, aber du sollst den Gleichmut lernen, ohne den keine reine Betrachtung möglich ist.«

Nicht selten war Hans so erschöpft und verstimmt, daß es ihm unmöglich war, mit zur Arbeit zu gehen oder auch nur mit Heinrich zusammen zu sein. Dann ging er hinter seinem Hause über die Matten zu einem Weidehügel, wo ein paar breitästige Kiefern Schatten gaben, warf sich ins Gras und blieb lange Stunden so liegen. Er

hörte die Geräusche der bäuerlichen Arbeiten her-
übertönen, das helle, scharfe Sensendengeln und
das weiche Schneiden des Grases, hörte Hunde
bellen und kleine Kinder schreien, zuweilen auch
Studenten in Wagen durchs Dorf fahren und lär-
mend singen. Und er hörte geduldig und müde zu
und beneidete sie alle, die Bauern, die Kinder, die
Hunde, die Studenten. Er beneidete das Gras um
sein stilles Wachsen und um seinen leichten Tod,
die Vögel um ihr Schweben, den Wind um seinen
lässigen Flug. Wie lebte das alles leicht und selbstverständlich dahin, als wäre das Leben ein Vergnügen!

Zuweilen suchte ihn ein wehmütig schöner
Traum heim – das waren seine besten Tage. Dann
dachte er an die Abende, die er früher im Haus des
Professors zugebracht hatte, und an dessen
schöne, stille Frau, deren Bild fein und sehnsucht-
weckend in ihm wohnte, und dann wollte es ihm
scheinen, in jenem Hause werde ein ernsthaftes,
wahrhaftiges Leben gelebt, mit notwendigen,
sinnvollen Opfern und Leiden, während er selber
sich ohne Not künstliche Leiden und Opfer
schaffe, um dem Sinn des Lebens näher zu kommen.

Diese Gedanken kamen und gingen mit dem
Winde, traumartig und ungewollt. Sobald die
Müdigkeit und Seelenstille nachließ, stand wieder

Heinrich Wirth in der Mitte seiner Gedanken und hielt das ruhige, stumm befehlende Auge fragend auf ihn gerichtet. Er kam von diesem Manne nicht los, ob er es auch vielleicht zuzeiten schon wünschte.

Lange verhehlte er es vor sich selber, daß er anderes von Wirth erwartet habe und enttäuscht sei. Das spartanische Essen, die Feldarbeit, der Verzicht auf alle Bequemlichkeit tat ihm zwar weh, hätte ihn aber nicht sobald ernüchtert. Am meisten vermißte er die stillen Abendstunden beim Klavier, die langen, behaglichen Lesetage und die Dämmerstunden mit der Zigarette. Es schienen ihm Jahre vergangen, seit er zuletzt gute Musik gehört hatte, und manchmal hätte er alles darum gegeben, eine Stunde frisch und wohlge-kleidet unter feinen Leuten zu sitzen. Wohl hätte er das leicht haben können, er brauchte nur in die Stadt und etwa zum Professor zu gehen. Aber er wollte und konnte nicht. Er wollte nicht von dem, worauf er feierlich verzichtet hatte, dennoch naschen. Außerdem war er beständig müde und lustlos, das ungewohnte Leben bekam ihm schlecht, wie jede Gewaltkur schlecht bekommt, wenn sie nicht aus eigenem Antrieb und innerer Notwendigkeit unternommen wird.

Am schwersten litt er darunter, daß sein Mei-ster und Freund alle seine Anstrengungen mit stiller Ironie betrachtete. Er spottete nie, aber er sah zu und schwieg und schien wohl zu merken, daß Hans auf falschem Wege sei und sich unnütz abquäle.

Nach zwei heißen, sauren Monaten wurde der Zustand unerträglich. Hans hatte sich das Räsonieren abgewöhnt und schwieg verdrossen. An der Arbeit nahm er seit einigen Tagen nimmer teil, sondern lag, wenn er gegen Mittag vom Kolleg zurückkam, den Rest des Tages auf seiner Wiese, untätig und hoffnungslos. Da fand Wirth es an der Zeit, ein Ende zu machen.

Eines Morgens erschien er, der stets früh auf den Beinen war, bei Hans, der noch im Bett lag, setzte sich zu ihm und sah ihn mit seinem stillen Lächeln an.

»Nun, Hans?«

»Was ist? Schon Zeit ins Kolleg?«

»Nein, es ist kaum fünf Uhr. Ich wollte ein bißchen mit dir plaudern. Stört dich's?«

»Eigentlich ja, um diese Zeit. Ich habe wenig geschlafen. Was ist denn los?«

»Nichts. Laß uns ein wenig reden. Sag, bist du nun eigentlich zufrieden?«

»Nein, gar nicht.«

»Man sieht es. Ich glaube, für dich wäre es jetzt das Beste, du würdest dir in der Stadt eine nette Stube mieten, mit einem Klavier – –«

»Ach, laß die Scherze!«

»Ich weiß, es ist dir nicht zum Scherzen zumute. Mir auch nicht. Ich meine es ernst. – – Sieh, du hast meinen Weg gehen wollen, und ich muß sagen, du hast dir's sauer werden lassen. Es will aber nicht gehen, und ich denke, du solltest der Quälerei ein Ende machen, nicht? Du hast dich jetzt drein verbissen und deine Ehre drein gesetzt, nicht nachzulassen, aber es hat ja keinen Sinn mehr.«

»Ja, mir scheint es auch so. Es war eine Dummheit, die mich einen schönen Sommer gekostet hat. Und du hast zugesehen und deinen Spaß daran gehabt. O du Held! Und jetzt, wo es dir genug scheint und langweilig wird, winkst du gnädig ab und schickst mich wieder fort.«

»Nicht schimpfen, Hans! Es kommt dir vielleicht so vor, aber du weißt doch, die Sachen sind immer anders, als sie uns vorkommen. Ich habe mir zwar gedacht, es würde so gehen, aber meinen Spaß habe ich nicht daran gehabt. Ich meinte es gut und glaube, du hast doch dabei gelernt.«

»O ja, gelernt genug.«

»Vergiß nicht, daß es dein Wille war. Warum sollte ich dich nicht machen lassen, solange es nicht gefährlich schien? Aber jetzt ist's genug. Das Bisherige können wir beide noch verantworten, scheint mir.«

»Und was jetzt?«

»Das mußt du wissen. Ich hatte gehofft, du könntest vielleicht mein Leben zu deinem machen. Das ist nicht gegangen – was bei mir freiwillig war, ist für dich ein trauriger Zwang, bei dem du verkommst. Ich will nicht sagen, dein Wille habe nicht ausgereicht, obwohl ich an den freien Willen glaube. Du bist anders als ich, du bist schwächer, aber auch feiner, für dich sind Dinge Bedürfnis, die für mich Luxus sind. Wenn zum Beispiel deine Musik bloß Einbildung oder Getue gewesen wäre, würde sie dir jetzt nicht so fehlen.«

»Getue! Du denkst nett von mir.«

»Verzeih! Der Ausdruck war nicht so schlimm gemeint. Sagen wir statt dessen Selbsttäuschung. So war es mit deinen philosophischen Gedanken. Du warst mit dir unzufrieden, du hast deinen Freund, den guten Kerl, mißbraucht und tyrannisiert. Du hast es mit der roten Mütze probiert, dann mit Buddhastudien, schließlich mit mir. Aber das Opfer deiner selbst hast du nie ganz gebracht. Du hast dir Mühe gegeben, es zu tun, aber es ging nicht. Du hast dich selber noch zu lieb. Erlaube, daß ich alles sage! Du glaubtest, in einer großen Not zu sein, und warst bereit, alles dranzugeben, um deinen Frieden zu finden. Aber dich selbst hast du nicht drangeben können und kannst es vielleicht nie. Du hast versucht, das größte Opfer zu bringen, weil du mich dabei glücklich sahst. Du wolltest meinen Weg gehen und wußtest nicht, daß er nach Nirwana führt. Du wolltest dein persönliches Leben steigern und erhöhen, dazu konnte ich dir nicht helfen, weil es mein Ziel ist, kein persönliches Leben mehr zu haben und im Ganzen aufzugehen. Ich bin das Gegenteil von dir und kann dich nichts lehren. Denke, du seist in ein Kloster gegangen und enttäuscht worden.«

»Du hast recht, so ähnlich ist es.«

»Darum gehst du jetzt wieder hinaus und suchst dein Heil anderswo. Es war eben ein Umweg.«

»Und das Ziel?«

»Das Ziel ist Friede. Vielleicht bist du stark und Künstler genug – dann wirst du deine Ungenüge lieben lernen und Leben aus ihr schöpfen. Ich kann das nicht. Oder, wer weiß, kommst du doch noch einmal dahin, dich ganz zu opfern und wegzugeben, dann bist du wieder auf meinem Weg, ob du ihn nun Askese, Buddha, Jesus, Tolstoi oder sonstwie nennen wirst. Der steht dir immer wieder offen.«

»Ich danke dir, Heinrich, du meinst es gut. Sag mir nur noch: wie denkst du dir dein Leben weiter? Wohin führt schließlich dein Weg?«

»Ich hoffe, er führt zum Frieden. Ich hoffe, er führt dazu, daß ich einmal mich meines Bewußtseins freuen und doch unbekümmert in Gottes Hand ruhen kann wie ein Vogel und eine Pflanze. Wenn ich kann, werde ich einmal anderen von meinem Leben und Wissen mitteilen, sonst aber suche ich nichts, als daß ich für mich den Tod und die Furcht überwinde. Das kann ich nur, wenn ich mein Leben nicht mehr als ein Einzelnes und Losgetrenntes fühle, erst dann wird jeder Augenblick meines Lebens seinen Sinn haben.«

»Das ist viel.«

»Das ist alles. Das ist das einzige, was ein Wünschen und ein Leben lohnt.«

Am Abend des nächsten Tages klopfte es an Erwins Tür. Er rief herein und dachte, es sei ein Bundesbruder, den er erwartete. Als er sich umwandte, stand Hans vor ihm. Er sah ihn verlegen und überrascht an. »Du?«

»Ja, verzeih! Ich will nicht stören. Wir sind das letztemal ohne Abschied auseinander gegangen.«

»Ja, ich weiß, Nun – – «

»Es tut mir leid, ich war schuld. Bist du mir noch böse?«

»Ach nein. Aber verzeih, ich erwarte Besuch . . .«

»Nur einen Augenblick! Ich reise morgen fort; ich bin etwas krank, und im nächsten Sommer komme ich jedenfalls nicht mehr hierher.«

»Schade. Was fehlt dir denn. Doch nichts Schlimmes?«

»Nein, Kleinigkeiten. Ich wollte nur hören, wie dir's geht. Gut, nicht?

»O ja. Aber du weißt ja gar nicht – «

»Was?«

»Ich bin verlobt, schon seit dem Frühjahr. Es war bis jetzt noch nicht öffentlich, aber nächste Woche fahre ich nach Berlin zur Verlobungsfeier. Meine Braut ist nämlich Berlinerin.«

»Da gratuliere ich. Du bist doch ein Glückskerl! Jetzt wirst du dich auch heftig hinter deine Medizin setzen.«

»Es geht an. Aber vom nächsten Semester an wird geschuftet. Und was hast du im Sinn?«

»Vielleicht Leipzig. Aber gelt, ich störe dich?«

»Na, wenn du's nicht übel nimmst – ich erwarte einen Bundesbruder. Du begreifst, es wäre ja auch für dich peinlich – – «

»Ja so! Daran hatte ich gar nicht mehr gedacht. Nun, bis wir uns wiedersehen, sind diese Geschichten wohl vergessen. Leb wohl, Erwin!«

»Adieu, Hans, und nichts für ungut! Es war nett von dir, daß du gekommen bist. Schreibst du mir einmal? – Danke. Und gute Reise!«

Hans ging die Treppe hinab. Er wollte dem Professor, mit dem er gestern eine lange Unterredung gehabt hatte, noch einen Abschiedsbesuch machen. Draußen sah er noch einmal an Erwins Fenster hinauf.

Im Weggehen dachte er an die fleißigen Bauern, an die Dorfkinder, an die Verbindung mit den ziegelroten Mützen, an Erwin und an alle die Glücklichen, denen die Tage leicht und unbedauert durch die Finger gleiten, und dann an Heinrich Wirth und an sich selber und an alle, denen das Leben zu schaffen macht und die er im Herzen als seine Freunde und Brüder begrüßte.

(1907/08)

Hermann Hesse
im Suhrkamp Verlag und
im Insel Verlag

Gesammelte Schriften in sieben Bänden. Leinen und Leder

Gesammelte Briefe in vier Bänden. Unter Mitwirkung von Heiner Hesse herausgegeben von Ursula und Volker Michels. Leinen

Gesammelte Werke. Werkausgabe in den suhrkamp taschenbüchern in zwölf Bänden. st 1600

Gesammelte Erzählungen. Sechs Bände. Geschenkausgabe mit farbigem Dekorüberzug in Schmuckkassette.

Die Romane und die großen Erzählungen. Acht Bände. Jubiläumsausgabe mit farbigem Dekorüberzug in Schmuckkassette.

Hermann Hesse Lesebücher

Jedem Anfang wohnt ein Zauber inne. Lebensstufen. Zusammengestellt von Volker Michels. Paperback

Eigensinn macht Spaß. Individuation und Anpassung. Zusammengestellt von Volker Michels. Paperback

Wer lieben kann, ist glücklich. Über die Liebe. Zusammengestellt von Volker Michels. Paperback

Die Hölle ist überwindbar. Krisis und Wandlung. Zusammengestellt von Volker Michels. Paperback

Das Stumme spricht. Herkunft und Heimat. Natur und Kunst. Zusammengestellt von Volker Michels. Paperback

Die Einheit hinter den Gegensätzen. Religionen und Mythen. Zusammengestellt von Volker Michels. Paperback

Einzelausgaben

Aus Indien. Aufzeichnungen, Tagebücher, Gedichte, Betrachtungen und Erzählungen. Neu zusammengestellt und ergänzt von Volker Michels. st 562

Aus Kinderzeiten. Gesammelte Erzählungen Band 1. 1900-1905. Zusammengestellt von Volker Michels. st 347

Bäume. Betrachtungen und Gedichte. Mit Fotografien von Imme Techentin. Zusammenstellung der Texte von Volker Michels. it 455

Bericht aus Normalien. Humoristische Erzählungen, Gedichte und Anekdoten. Herausgegeben und mit einem Nachwort von Volker Michels. st 1308

Berthold. Erzählung. st 1198

Beschreibung einer Landschaft: Schweiz. Herausgegeben und mit einem Vorwort versehen von Siegfried Unseld. Leinen

Der Bettler. Zwei Erzählungen. Mit einem Nachwort von Max Rychner. st 1376

1/3.90

Hermann Hesse
im Suhrkamp Verlag und
im Insel Verlag

Briefe an Freunde. Rundbriefe 1946–1962. Zusammengestellt von Volker Michels. st 380

Casanovas Bekehrung und Pater Matthias. Zwei Erzählungen. st 1196

Dank an Goethe. Betrachtungen, Rezensionen, Briefe. Mit einem Essay von Reso Karalaschwili. Neu zusammengestellt von Volker Michels. it 129

Demian. Die Geschichte von Emil Sinclairs Jugend. BS 95 und st 206

Emil Kolb. Erzählung. st 1202

Der Europäer. Gesammelte Erzählungen Band 3. 1909–1918. Zusammengestellt von Volker Michels. st 384

Franz von Assisi. Mit Fresken von Giotto und einem Essay von Fritz Wagner. it 1069

Freunde. Erzählung. st 1284

Gedenkblätter. Erinnerungen an Zeitgenossen. Neu durchgesehen und um Texte aus dem Nachlaß ergänzt von Volker Michels. st 963

Gedichte des Malers. Zehn Gedichte mit farbigen Zeichnungen. it 893

Die Gedichte. 1892–1962. 2 Bde. Neu eingerichtet und um Gedichte aus dem Nachlaß erweitert von Volker Michels. st 381

Gertrud. Roman. st 890

Das Glasperlenspiel. Versuch einer Lebensbeschreibung des Magister Ludi Josef Knecht samt Knechts hinterlassenen Schriften. Leinen und Schriften. st 79

Glück. Späte Prosa. Betrachtungen. BS 344

Die Heimkehr. Erzählung. st 1201

Hermann Lauscher. Mit frühen, teils unveröffentlichten Zeichnungen und einem Nachwort von Gunter Böhmer. it 206

Heumond. Erzählung. st 1194

In der alten Sonne. Erzählung. st 1378

Innen und Außen. Gesammelte Erzählungen Band 4. 1919–1955. st 413

Iris. Ausgewählte Märchen. BS 369

Italien. Schilderungen, Tagebücher, Gedichte, Aufsätze, Buchbesprechungen und Erzählungen. Herausgegeben und mit einem Nachwort von Volker Michels. st 689

Josef Knechts Lebensläufe. BS 541

Karl Eugen Eiselein. Erzählung. st 1192

Kinderseele. Erzählung. st 1203

Kindheit des Zauberers. Ein autobiographisches Märchen. Handgeschrieben, illustriert und mit einer Nachbemerkung versehen von Peter Weiss. it 67

14/2/3.90

Hermann Hesse
im Suhrkamp Verlag und
im Insel Verlag

Kindheit und Jugend vor Neunzehnhundert. Hermann Hesse in Briefen und Lebenszeugnissen. 1. Band: 1877-1895. Ausgewählt und herausgegeben von Ninon Hesse. Leinen und st 1002

Kindheit und Jugend vor Neunzehnhundert. Hermann Hesse in Briefen und Lebenszeugnissen. 2. Band: 1895-1900. Herausgegeben von Ninon Hesse. Fortgesetzt und erweitert von Gerhard Kirchhoff. Leinen und st 1150

Klein und Wagner. Novelle. st 116

Kleine Freuden. Verstreute und kurze Prosa aus dem Nachlaß. Herausgegeben und mit einem Nachwort von Volker Michels. st 360

Klingsors letzter Sommer. Erzählung mit farbigen Bildern vom Verfasser. BS 608

Klingsors letzter Sommer. Erzählung. st 1195

Knulp. Drei Geschichten aus dem Leben Knulps. BS 75

Knulp. Drei Geschichten aus dem Leben Knulps. Mit dem Fragment ›Knulps Ende‹. Mit sechzehn Steinzeichnungen von Karl Walser. it 394

Knulp. st 1571

Krisis. Ein Stück Tagebuch. BS 747

Die Kunst des Müßiggangs. Kurze Prosa aus dem Nachlaß. Herausgegeben und mit einem Nachwort von Volker Michels. st 100

Kurgast. Aufzeichnungen von einer Badener Kur. st 383

Ladidel. Erzählung. st 1200

Der Lateinschüler. Erzählung. st 1193

Legenden. Zusammengestellt von Volker Michels. BS 472 und st 909

Lektüre für Minuten. Gedanken aus seinen Büchern und Briefen. Herausgegeben von Volker Michels. Paperback und st 7

Lektüre für Minuten. Gedanken aus seinen Büchern und Briefen. Neue Folge herausgegeben von Volker Michels. st 240

Das Lied des Lebens. Die schönsten Gedichte. Paperback

Eine Literaturgeschichte in Rezensionen und Aufsätzen. Herausgegeben von Volker Michels. st 252

Die Märchen. Zusammengestellt von Volker Michels. st 291

Magie der Farben. Aquarelle aus dem Tessin. Mit Betrachtungen und Gedichten zusammengestellt und mit einem Nachwort versehen von Volker Michels. it 482

Magie des Buches. Betrachtungen. BS 542

Die Marmorsäge. Zwei Erzählungen. st 1381

Hermann Hesse
im Suhrkamp Verlag und
im Insel Verlag

Mein Glaube. Eine Dokumentation: Betrachtungen, Gedichte, Rezensionen und Briefe. Mit einem Essay von Hermann Kasack. Auswahl und Nachwort von Siegfried Unseld. BS 300

Mit der Reife wird man immer jünger. Betrachtungen und Gedichte über das Alter. Mit Bildern von Martin Hesse und einem Nachwort von Volker Michels. Großdruck. it 2311

Mit Hermann Hesse durch das Jahr. Mit Reproduktionen von 13 aquarellierten Federzeichnungen von Hermann Hesse. Paperback

Mit Hermann Hesse durch Italien. Ein Reisebegleiter durch Oberitalien. Mit farbigen Fotografien. Herausgegeben von Volker Michels. it 1120

Mit Hermann Hesse reisen. Betrachtungen und Gedichte. Herausgegeben von Volker Michels. it 1242

Die Morgenlandfahrt. Eine Erzählung. BS 1 und st 750

Musik. Betrachtungen, Gedichte, Rezensionen und Briefe. Mit einem Essay von Hermann Kasack. Eine Dokumentation. Ausgewählt und zusammengestellt von Volker Michels. BS 483 und st 1217

Narziß und Goldmund. Erzählung. BS 65 und st 274

Die Nürnberger Reise. st 227

Peter Camenzind. Erzählung. st 161

Piktors Verwandlungen. Ein Liebesmärchen, vom Autor handgeschrieben und illustriert, mit ausgewählten Gedichten und einem Nachwort versehen von Volker Michels. Leinen und it 122

Politik des Gewissens. Die politischen Schriften. 1914–1962. 2 Bände. Vorwort von Robert Jungk. Herausgegeben von Volker Michels. Leinen und st 656

Politische Betrachtungen. Ausgewählt von Siegfried Unseld. BS 244

Robert Aghion. Erzählung. st 1379

Roßhalde. Roman. st 312

Schmetterlinge. Betrachtungen, Erzählungen, Gedichte. Zusammengestellt und mit einem Nachwort versehen von Volker Michels. it 385

Schön ist die Jugend. Erzählung. st 1380

Schriften zur Literatur. Band 1. Leinenkaschiert

Schriften zur Literatur. Band 2. Leinenkaschiert

Siddhartha. Eine indische Dichtung. BS 227 und st 182

Sinclairs Notizbuch. Mit aquarellierten Federzeichnungen des Verfassers. BS 839

Die späten Gedichte. Mit einer Nachbemerkung. IB 803

Die Stadt. Ein Märchen, ins Bild gebracht von Walter Schmögner. it 236

Der Steppenwolf. Aquarelle von Gunter Böhmer. BS 869

Hermann Hesse
im Suhrkamp Verlag und
im Insel Verlag

Der Steppenwolf. Erzählung. st 175

Stufen. Ausgewählte Gedichte. BS 342

Stunden im Garten. Zwei Idyllen. Mit teils farbigen Zeichnungen von Gunter Böhmer. IB 999

Tessin. Betrachtungen und Gedichte. Mit Aquarellen des Verfassers. Herausgegeben von Volker Michels. it 1169

Tractat vom Steppenwolf. Nachwort von Beda Allemann. es 84

Unterm Rad. Roman in der Urfassung. Herausgegeben und mit einem Essay von Volker Michels. Illustrationen Gunter Böhmer. Leinen und BS 981

Unterm Rad. Erzählung. st 52

Der verbannte Ehemann oder Anton Schievelbeyn's ohnfreywillige Reisse nacher Ost-Indien. Handgeschrieben und illustriert von Peter Weiss. Mit einem erstmals veröffentlichten Opernlibretto von Hermann Hesse. it 260

Die Verlobung. Gesammelte Erzählungen Band 2. 1906-1908. st 368

Der vierte Lebenslauf Josef Knechts. Zwei Fassungen. Herausgegeben von Ninon Hesse. BS 181 und st 1261

Vom Baum des Lebens. Ausgewählte Gedichte. Mit einem Nachwort von Volker Michels. IB 454

Von guten Büchern. Rezensionen aus den Jahren 1900-1910. Herausgegeben von Volker Michels in Zusammenarbeit mit Heiner Hesse. Leinen

Von Wesen und Herkunft des Glasperlenspiels. Die vier Fassungen der Einleitung zum Glasperlenspiel. Herausgegeben und mit einem Essay »Zur Entstehung des Glasperlenspiels« von Volker Michels. st 382

Walter Kömpff. Erzählung. st 1199

Wanderung. Aufzeichnungen mit farbigen Bildern vom Verfasser. BS 444

Die Welt der Bücher. Betrachtungen und Aufsätze zur Literatur. Zusammengestellt von Volker Michels. st 415

Der Weltverbesserer und Doktor Knölges Ende. Zwei Erzählungen. st 1197

Der Zwerg. Ein Märchen. Mit Illustrationen von Rolf Köhler. it 636

Der Zyklon. Zwei Erzählungen. st 1377

Briefe

Ausgewählte Briefe. Erweiterte Ausgabe. Zusammengestellt von Hermann Hesse und Ninon Hesse. st 211

Hermann Hesse
im Suhrkamp Verlag und
im Insel Verlag

Hermann Hesse – Rudolf Jakob Humm. Briefwechsel. Herausgegeben von Ursula und Volker Michels. Leinen

Hermann Hesse – Thomas Mann. Briefwechsel. Herausgegeben von Anni Carlsson (1968), erweitert von Volker Michels (1975), mit einem Vorwort von Prof. Theodore Ziolkowski, aus dem Amerikanischen übersetzt von Ursula Michels-Wenz. Leinen und BS 441

Hermann Hesse – Peter Suhrkamp. Briefwechsel 1945-1959. Herausgegeben von Siegfried Unseld. Leinen

Aquarelle

Hermann Hesse – Kalender auf das Jahr 1991. Zwölf Monatsbilder und Deckblatt mit farbigen Reproduktionen von Aquarellen Hermann Hesses in Originalformat. Kalender

Hermann Hesse als Maler. Vierundvierzig Aquarelle. Ausgewählt von Bruno Hesse und Sandor Kuthy. Mit Texten von Hermann Hesse. Leinen

Schallplatten

Hermann Hesse – Sprechplatte. Langspielplatte

Hermann Hesse liest ›Über das Alter‹. Zusammengestellt von Volker Michels. Langspiel-Sprechplatte

Materialien, Literatur zu Hermann Hesse

Hermann Hesse. Sein Leben in Bildern und Texten. Mit einem Vorwort von Hans Mayer. Herausgegeben von Volker Michels. Leinen und it 1111

Hermann Hesse. Leben und Werk im Bild. Mit dem ›kurzgefaßten Lebenslauf‹ von Hermann Hesse. it 36

Wie gut, ihn erlebt zu haben! Hermann Hesse in Augenzeugenberichten. Herausgegeben von Volker Michels. Leinen

Materialien zu Hermann Hesses ›Das Glasperlenspiel‹. Erster Band. Texte von Hermann Hesse. Herausgegeben von Volker Michels. st 80

Materialien zu Hermann Hesse ›Das Glasperlenspiel‹. Zweiter Band. Texte über das Glasperlenspiel. Herausgegeben von Volker Michels. st 108

Materialien zu Hermann Hesses Siddhartha. Erster Band. Texte von Hermann Hesse. Herausgegeben von Volker Michels. st 129

Texte über Siddhartha. Zweiter Band. Herausgegeben von Volker Michels. st 282

Hermann Hesse
im Suhrkamp Verlag und
im Insel Verlag

Materialien zu Hermann Hesses ›Der Steppenwolf‹. Herausgegeben von Volker Michels. st 53

Über Hermann Hesse. Erster Band (1904–1962). Herausgegeben von Volker Michels. st 331

Über Hermann Hesse. Zweiter Band (1963–1977). Herausgegeben von Volker Michels. st 332

Hermann Hesses weltweite Wirkung. Internationale Rezeptionsgeschichte. Band 1. Herausgegeben von Martin Pfeifer. st 386

Hermann Hesses weltweite Wirkung. Internationale Rezeptionsgeschichte. Band 2. Herausgegeben von Martin Pfeifer. st 506

Hugo Ball: Hermann Hesse. Sein Leben und sein Werk. st 385

Emmy Ball-Hennings: Blume und Flamme. Geschichte einer Jugend. Mit einem Geleitwort von Hermann Hesse. st 1355

Emmy Ball-Hennings: Briefe an Hermann Hesse. Herausgegeben und eingeleitet von Annemarie Schütt-Hennings. st 1142

Marie Hesse: Ein Lebensbild in Briefen und Tagebüchern. Mit einem Essay von Siegfried Greiner. Mit frühen Lithographien von Gunter Böhmer. it 261

Adrian Hsia: Hermann Hesse und China. Darstellung, Materialien und Interpretation. Gebunden und st 673

Gisela Kleine: Zwischen Welt und Zaubergarten. Ninon und Hermann Hesse: Leben im Dialog. st 1384

Joseph Mileck: Hermann Hesse. Dichter, Sucher, Bekenner. Biographie. Aus dem Amerikanischen übersetzt von Jutta und Theodor A. Knust. st 1357

Martin Pfeifer: Hesse-Kommentar zu sämtlichen Werken. st 1740

Siegfried Unseld: Begegnungen mit Hermann Hesse. st 218

Siegfried Unseld: Hermann Hesse. Werk und Wirkungsgeschichte. Revidierte und erweiterte Fassung der Ausgabe von 1973. Leinen und it 1112

Theodore Ziolkowski: Der Schriftsteller Hermann Hesse. Wertung und Neuwertung. Deutsch von Ursula Michels-Wenz. Gebunden